Tod im Ochsenschlot

Kurt Mlady

Tod im Ochsenschlot

Ein Kriminalroman aus Cadolzburg

Impressum

Die Deutsche Nationalbibliothek
Bibliografische Information der Deutschen Nationalbibliothek
Die Deutsche Nationalbibliothek verzeichnet diese Publikation
in der Deutschen Nationalbibliografie; detaillierte bibliografische Daten
sind im Internet über http://dnb.d-nb.de abrufbar.

Kurt Mlady:
Tod im Ochsenschlot
Erste Auflage, September 2019
Copyright © Fahner Verlag, Lauf a. d. Pegnitz, 2019
www.buchtraum.de
Idee und Text: Kurt Mlady
Grafik: Monika Mlady
Buchgestaltung: Fahner Verlag
Lektorat: Yvonne Durmann
Druck und Bindearbeiten: Druckhausnord.de
Agentin: Lydia Hossnofsky
Bildrechte der Karte auf der Innenseite:
Haas Druck, Brandstätter Straße 35a, 90556 Cadolzburg,
Tel.: (09103)2358, info@haasdruck.de

ISBN 978-3-942251-45-7

Herzlichen Dank meiner Tochter Monika
für ihre tatkräftige Unterstützung und die
Gestaltung der Illustrationen und des Covers.

Das Klingeln meines Handys holte mich gnadenlos aus der verführerischen und leidenschaftlichen Umarmung der hübschen Brünetten mit dem braun gebrannten und wohlgeformten Körper. Dass diese Traumfrau nur in den Fantasien meiner nächtlichen Träume existierte, war jedes Mal aufs Neue eine ernüchternde Tatsache. Ich versuchte mich hektisch aus meiner völlig verdrehten Bettdecke zu befreien. Die hatte es in Zusammenarbeit mit meinem Laken wieder einmal geschafft, mich wie eine Mumie einzuwickeln. Meine übel verquollenen Augen und mein ausgetrockneter, nach kaltem Rauch schmeckender Mund waren die typischen Anzeichen dafür, dass ich es in der vergangenen Nacht mit der Shisha wieder heftig übertrieben hatte. Noch immer nicht ganz von meinem Laken befreit, griff ich mir mein Smartphone vom Nachttisch und meldete mich: „Peter."

„Wo steckst du, Junge? Hast du schon mal auf die Uhr geschaut?"

Die Stimme war laut und dröhnte in meinem Kopf, sie gehörte meiner Partnerin. Inzwischen waren es fast zwei Jahre, dass ich mit ihr zusammen ein Team bildete. Mit ihren dreißig Jahren war sie zwei Jahre älter als ich. Auch dienstgradmäßig war sie eine Stufe über mir, was sie oftmals ganz schön heraushängen ließ.

„Moni, guten Morgen", sagte ich heiser und hielt das Telefon etwas weiter von meinem Ohr weg. Ich versuchte dabei gleichzeitig auf die Uhr des Displays zu schielen.

„Verdammt – zehn Uhr – warum hast du mich nicht früher geweckt!"

„Ich bin ja wohl nicht dein Weckdienst, Herr Hauptkommissar. Komm in die Hufe, wir sehen uns in zwanzig Minuten im Präsidium." Mit diesen resoluten Worten beendete sie das Gespräch und ließ mich mit meinen Ausreden und Erklärungsversuchen alleine zurück. Mit einer letzten energischen Bewegung schob ich mir die zusammengeknüllte Wurst, die einmal ein straffes weißes Laken gewesen war, von der Hüfte und stand auf. Das Handy warf ich zurück ins Bett und stapfte über Berge von Klamotten in Richtung Badezimmer. Der süßliche Tabakdunst des Vortages und der Geruch nach kalter Pizza standen in meiner kleinen Zweizimmerwohnung wie eine Wand und ekelten mich an. Völlig nackt, wie ich nun mal zu schlafen pflegte, und dank meiner wie immer hochgeklappten Klobrille gab es keine störenden Hindernisse, um mich des Druckes der diversen Energydrinks des Abends zu entledigen.

„Verdammter Penner", fluchte ich, als ich einen Blick in den Spiegel riskierte. Der Typ, der mich da aus verquollenen Augen anglotzte, wäre sofort als stadtbekannter Obdachloser durchgegangen. Mein gepflegter Dreitagebart war einem ungepflegten und pizzaverklebten Gestrüpp gewichen und tiefe Falten zogen sich quer über meine Stirn. Meine glatten und relativ kurz geschnittenen Haare brachte normalerweise nichts aus der Fasson, aber heute hatten sogar die ihren Widerstand aufgegeben und standen mir wirr vom Kopf ab. Schnell verließ ich das Badezimmer, um den Anblick nicht länger ertragen zu müssen, und schlurfte ins Wohnzimmer. Der offene Pizzakarton und die Batterie an leeren Getränkedosen ließen keinen Blick auf die Tischplatte meines nicht allzu kleinen Couchtisches zu. Wie meine Waffe und die Handschellen den Weg in den Pizzakarton gefunden hatten, konnte ich nicht mehr nachvollziehen.

„Zwanzig Minuten", grunzte ich unwillig und nahm mir das letzte Stück der kalten Salamipizza mit doppelt Sardellen und schob es mir genussvoll in den Mund.

Vierzig Minuten später stand ich frisch geduscht und rasiert und mit meinem letzten sauberen Hemd vor meinem Schreibtisch. Die genervten Blicke der Kollegen zeigten mir zum wiederholten Male deutlich, dass meine Art von Pünktlichkeit hier durchaus nicht auf breite Zustimmung stieß. Moni war nirgends zu sehen, deshalb ließ ich mich erst einmal schwer in meinen Bürostuhl fallen und betrachtete einen Moment lang unschlüssig den Stapel an Akten, der sich auf der linken Seite auftürmte. Dann drehte ich mich entschlossen nach rechts und richtete die Aufmerksamkeit auf meinen Computer. Noch während ich meine E-Mails abrief, hörte ich das bedrohliche Klappern von hochhackigen Damenschuhen, die sich wie ein aufkommendes

Gewitter über die kalten Steinfliesen auf meinen Schreibtisch zubewegten. Ich hatte mich echt beeilt, um die zwanzig Minuten einzuhalten. Gnadenlos hatte ich meinem C2 die Sporen gegeben, aber der morgendliche Berufsverkehr hatte den Weg von Stein nach Fürth ins Präsidium wieder zu einem Albtraum werden lassen.

„Morgen Chefin", sagte ich mit meiner zuvorkommendsten Stimmlage und stand auf, um ihr lächelnd in die graublauen Augen zu blicken. Das Stakkato ihrer Schuhe erstarb und sie blickte mich völlig ruhig an. Ich kannte sie jedoch lange genug, um zu wissen, wie sie innerlich kochte.

„Nimm dein Zeug, wir haben einen Fall", sagte sie mit herrischem Unterton, der keine Widerrede zuließ.

Ich griff in meine Schreibtischschublade und holte meine Waffe und die Handschellen heraus, die ich kurz vorher dort hineingelegt hatte. Der Lederholster glänzte immer noch etwas fettig von den Rückständen der Pizza und ich wischte ihn noch einmal an meiner Jeans ab. Moni schaute mir dabei kopfschüttelnd zu. Mit einem Seitenblick musterte sie dann verständnislos den Aktenstapel auf meinem Schreibtisch, machte auf dem Absatz kehrt und stöckelte los in Richtung Ausgang. Wie schon so oft vorher, fragte ich mich, während ich ihr wie ein Hündchen folgte, ob sie wohl den Blick bemerkte, den ich ausgiebig ihrem wohlgeformten Hintern widmete. Ich kam jedoch zu dem Entschluss, dass das wahrscheinlich nicht der Fall war, sonst hätte sie es mich mit Sicherheit in ihrer charmanten Art und Weise wissen lassen.

Dieses Mal ließ ich mich in der Tiefgarage des Präsidiums nicht auf die Diskussion ein, wer den Wagen fährt, und setzte mich ergeben und abwartend auf den Beifahrersitz des blauen 5ers.

Wir waren bereits sage und schreibe fünf Minuten unterwegs und keiner hatte ein Wort gesagt. Immer wieder fielen mir spitze Bemerkungen über ihre Fahrweise, über ihren verdammt knapp sitzenden Rock oder ihre offenherzige weiße Bluse ein. Ich traute mich jedoch heute nicht, unseren sonst üblichen scherzhaften, verbalen Schlagabtausch zu eröffnen. Im Gegenteil, ich versuchte es mit einer Entschuldigung: „Es kommt nicht mehr vor, Moni, ich verspreche es dir."

„Nenn mich nicht Moni, wenn ich sauer bin, wie oft hast du mir das bereits versprochen, Bernd? Ich glaube dir nicht mehr, du bist und bleibst unzuverlässig, unpünktlich und unmöglich. Ich weiß nicht, wie lange ich dir das noch durchgehen lasse. Ich halte jedes Mal meinen Kopf hin, um deinen Hals aus der Schlinge zu ziehen, und du dankst es mir mit der nächsten Scheißaktion. Kannst du dir nicht, wie jeder andere, einen Wecker stellen und etwas eher aufstehen? Oder geh einfach mal etwas früher ins Bett, dann bist du ja vielleicht auch mal ausgeschlafen, wenn dein Wecker klingelt."

„Du hast ja Recht", gab ich kleinlaut zu. „Danke, dass du mir trotzdem immer wieder den Rücken freihältst, Moni."

Sie funkelte mich an und zwei tiefe Zornesfalten zwischen ihren Augenbrauen machten mir meinen Fehler bewusst. „Frau Oberkommissarin", schob ich schnell hinterher und erntete ein genervtes Kopfschütteln.

Heute konnte ich es ihr wirklich nicht recht machen und so lehnte ich meinen Kopf gegen die Nackenstütze des BMW, verschränkte die Arme vor der Brust und schloss die Augen.

Sekunden später war ich jedoch wieder hellwach. Eine Vollbremsung riss mich in den Sicherheitsgurt und Monis verbale Entgleisung: „Verpiss dich mit deiner Töle du verdammter Wichser", ließ mich innerlich schmunzeln. Der ältere Herr, der da gerade gemächlich mit seinem Hund vor uns über die Straße ging, war sich jedoch keiner Schuld bewusst. Auch jetzt verkniff ich mir meinen Kommentar, der mit „Frau am Steuer" begonnen hätte, und lehnte mich wieder zurück.

Wir hatten inzwischen die Stadt verlassen und fuhren auf der Landstraße in Richtung Wachendorf. Dieses Mal war sie es, die das Schweigen brach: „Ein Selbstmord in Cadolzburg", war der einsilbige Brotkrumen, den sie mir hinwarf. Ich wusste, dass jeglicher Kommentar meinerseits sie jetzt wieder auf die Palme brachte. Kein Kommentar bewirkte aber sicherlich das Gleiche.

„Weißt du schon Näheres?", fragte ich vorsichtig.

„Wenn wir pünktlich vor Ort gewesen wären, dann wüsste ich jetzt schon alles."

Sie starrte bei diesen Worten hart auf die Straße vor sich, als wäre sie ihr Feind. Ihre Fingerknöchel traten weiß hervor, so heftig hielt sie das Lenkrad umklammert, und ihre ansonsten so sinnlichen Lippen waren zu zwei schmalen Strichen zusammengepresst. Dass sie dabei im Schneckentempo nach Cadolzburg hineinschlich wurde ihr anscheinend gar nicht bewusst.

Zehn Minuten später stoppte sie den Wagen vor einem kleinen Spielwarenladen. Auf der anderen Seite der Hauptstraße sah ich das Absperrband, das den Ort des Selbstmordes vor der Öffentlichkeit abschirmte. Sie machte den Motor aus und wir stiegen beide aus dem Wagen. Schnell zogen wir unsere warmen Jacken über, die auf der Rücksitzbank lagen. Ein eisiger Januarwind fuhr nämlich unbarmherzig durch unsere Büroklamotten.

Ein Kollege in Uniform kam uns entgegen und wollte schon die Hand heben, um uns aufzuhalten, als wir wie auf Kommando unsere Dienstausweise aus der Tasche zogen und sie ihm unter die Nase hielten.

„Kripo Fürth, Kommissar Bernd Peter und meine Kollegin Oberkommissarin Monika Fröhlich", sagte ich wichtigtuerisch und hob das Absperrband, um Moni unten durchzulassen.

„Alles klar", sagte der Beamte und blickte demonstrativ auf seine Uhr. „Wir haben schon vor zwei Stunden mit euch gerechnet."

Moni warf mir einen vernichtenden Seitenblick zu, der, soweit ich ihn deuten konnte, „Arsch" bedeutete.

„Eins nach dem anderen", konterte ich und ging in Richtung des kleinen Stadttores, das vor uns unter einem Sandsteinturm lag.

„Hier gibt es eigentlich nicht mehr viel zu sehen", rief uns der Beamte nach. „Die Leiche ist bereits weg und die Spurensicherung ebenfalls."

Moni und ich gingen auf das Tor und zwei weitere Polizisten in Zivil zu.

Oberes Stadttor, bei den Einheimischen Brusela genannt, weil die Uhr in früheren Zeiten an der Spitze nur einen Stundenzeiger hatte und der immer nachging (bruselte).

„Guten Morgen Kollegen", sagte ich lächelnd und hob salopp die rechte Hand zum Gruß.

„Mahlzeit", entgegnete mir ein dunkelhaariger Hüne, frierend und genervt. „Seid ihr endlich da? Dann können wir ja von hier verschwinden."

„Und wer setzt uns ins Bild?", fragte Moni und legte ihre ganze Autorität in diese Frage.

Ich klinkte mich etwas aus, trat in das Tor hinein und sah beim Nach-oben-Blicken das Seil, das von einer Art Riegel, in vielleicht vier Metern Höhe, im Turm nach unten hing. Darunter lag ein alter, umgefallener Klappstuhl, wie er gerne in Biergärten Verwendung fand. Das geflochtene Hanfseil war anscheinend direkt über dem Erhängten abgeschnitten worden und baumelte jetzt etwas im Wind hin und her. Die schwarz-weiß gestrichenen Holztore des Turmes standen offen und ein schwerer Riegel schaute an einer Seite hervor. Insgesamt machte das Tor in meinen Augen einen sehr alten, aber gut erhaltenen oder gut restaurierten Eindruck. Das grobe Kopfsteinpflaster hatte sich vom jahrzehntelangen Befahren zu zwei ungleichmäßigen Rinnen gesetzt. Dieser Umstand machte es für meine Partnerin wahrlich nicht einfach, sich mit ihren hochhakigen Schuhen unfallfrei zu bewegen. Ein Stück den Marktplatz hinunter war ebenfalls ein Spannband angebracht und ich sah dahinter einige Schaulustige, die sich angeregt unterhielten. Schön hergerichtete, alte Fachwerkhäuser mit Resten von Schnee auf den Dächern schlossen den Marktplatz ein und gaben ihm, in Verbindung mit dem Kopfsteinpflaster, ein fast mittelalterliches Flair. Da sich Moni noch immer von den Kollegen ins Bild setzen ließ, ging ich auf die Leute zu, ohne sie aus den Augen zu lassen. Manchmal konnte man schon am Verhalten der Menschen erkennen, ob sie zu dem Fall etwas beitragen konnten oder ob sie einfach nur Wichtigtuer waren, die sich in den Vordergrund drängen wollten. Eine kleine Gruppe mit älteren Herren schien mir in der Menge das lohnendste Ziel zu sein.

„Guten Morgen", sagte ich im Näherkommen und erntete ein dreistimmiges „Mahlzeit" von der Gruppe Rentner.

Ich wandte mich ihnen zu und zeigte mein gewinnendstes Lächeln. „Mahlzeit", sagte ich und schob mich unter dem Absperrband hindurch. „Na, Männer?" Ich blickte allen dreien nacheinander in die Augen, doch keiner gab meinem Blick nach. „Harte Brocken", dachte ich mir. „Was ist denn hier passiert?"

Einer der Männer, ein etwas untersetzter Typ mit einem Kugelbauch und einem spärlichen grauen Haarkranz, trat einen Schritt auf mich zu und sagte: „Sag du es uns Jungspund." Sein Gesicht blieb dabei völlig ausdruckslos. Seine beiden Kumpane hingegen konnten sich ein Grinsen nicht verkneifen.

„Ihr wisst also nichts", sagte ich selbstsicher und wandte mich ab zum Gehen.

„Wisst ihr, wer das war?" Ich hatte erst drei Schritte gemacht, als mich diese Frage stoppen ließ. Es war nicht die Stimme des Kugelbauches, das wusste ich. Langsam fuhr ich herum. „Nö, wisst ihr es?"

„Das war doch dieser Waffenheini", sagte der größte von ihnen. Im Gegensatz zum Kugelbauch war er einen Kopf größer und einen Kugelbauch dünner. Er hatte seine nur an den Schläfen grau melierten, schwarzen Haare mit einem geraden Scheitel und viel Pomade nach links gekämmt. Der kleine Oberlippenbart mochte seine Gesinnung widerspiegeln oder in seinen Augen einfach nur schick sein.

„Welcher Waffenheini?", fragte ich zurück.

„Na, so viele Waffenläden wird es in unserem Kaff ja wohl nicht geben."

Obwohl ich ein gebürtiger Nürnberger bin, musste ich mich ganz schön konzentrieren, um den urfränkischen Dialekt, der mir hier entgegenschlug, wirklich zu verstehen.

„Und warum hat er sich in dem Tor erhängt?", fragte ich wie nebenbei.

„Das ist kein Tor, sondern des Brusela", sagte der Dritte im Bunde und seine Stimme klang für einen Mann erschreckend hoch und piepsig.

Mochte es an der Stimme liegen, am furchtbaren Dialekt, an meinem Gehör oder an der Kombination aus allen dreien, aber das letzte Wort ging irgendwie in meiner Wahrnehmung unter.

„Wie heißt das Ding?", fragte ich deshalb nach.

„Brusela – und warum sich der Waffenheini erhängt hat, das musst du schon selbst herausfinden, Jungchen", antwortete mir der Kugelbauch und wandte sich zum Gehen.

„Danke für die Hilfe", sagte ich lächelnd und hob kurz die Hand. Eine Frage fiel mir jedoch noch ein und ich machte ein paar schnelle Schritte, um das Rentnertrio zu erreichen.

„Jungs – eine Frage hätte ich noch. Wo kann man hier vernünftig essen?"

Die drei schauten sich kurz an und verständigten sich ohne ein Zeichen, das ich wahrnehmen konnte. Dann sagte der Typ mit der Piepsstimme: „In der Gaststätte hier um die Ecke gibt es die weltbesten Schäufele – gleich dort vorne rechts." Er deutete dabei auf eine kleine Nebenstraße, die vom Marktplatz abging.

Ohne einen weiteren Kommentar gingen die drei dann weiter.

Ich drehte mich einmal um die eigene Achse und ließ den Anblick des Marktplatzes mit seinen tollen Häusern auf mich wirken, dann trottete ich langsam zurück zum Tatort. Im Gehen zog ich mein Handy aus der Tasche und tippte in Google „Cadolzburg Waffen" ein. Es waren nicht ein, sondern zwei Treffer, die ich hatte. Allerdings lag einer der Läden im Ortsteil Egersdorf, sodass der andere meine erste Wahl war.

„Suchst du vielleicht Pokémons?" Die zynisch wirkende und von der Kälte zittrig klingende Stimme meiner Partnerin riss meine Aufmerksamkeit weg vom Handy.

„Nö, ich suche unser Opfer", sagte ich und drehte ihr den Bildschirm meines Telefons hin. „Was sagen die Kollegen?"

„Der Mann ist noch nicht identifiziert. Er hatte weder Ausweis noch andere Papiere bei sich und sie gehen von einem Suizid aus. Den Todeszeitpunkt soll die Obduktion erbringen, die bereits angeordnet wurde."

„Der Mann hieß Konrad Meierle und hat einen Waffenladen hier in Cadolzburg." Ich drehte ihr ein zweites Mal mein Handy hin und sie schaute mich mit zusammengezogenen Augenbrauen erstaunt an. Noch bevor sie fragen konnte, sagte ich: „Ich habe diese Information von drei Schaulustigen, die ich befragt habe. Das ist echt tiefste Frankenprovinz hier, ich kann die Leute kaum verstehen. Weißt du, was Brusela ist?" Ob ich das Wort richtig ausgesprochen hatte, wusste ich nicht, aber Monis Blick verriet mir, dass sie es auch nicht kannte.

„Es ist dieser Turm, der heißt Brusela. Warum, kann ich dir auch nicht sagen. Ich denke, wir sollten uns diesen Waffenladen einmal ansehen." Dass Moni sprachlos war, kam selten vor, jetzt war sie es. Ich ging durch das Tor, nicht ohne noch einen Blick auf das im Wind hin und her schwingende Seil zu richten. Den uniformierten Kollegen tippte ich im Vorbeigehen kurz auf die Schulter und sagte: „Mahlzeit."

Kurz darauf saßen wir wieder im Wagen. Die schneidende Winterkälte hatte den Innenraum wieder unangenehm abgekühlt, insbesondere die schwarzen Kunstledersitze. Ich merkte an Monis Gesicht und an der Art, wie sie auf ihrem Sitz hin und her rutschte, dass die Länge ihres Rockes für diesen Fall etwas ungünstig war, und musste innerlich schmunzeln.

Der Weg zum Waffenladen war nicht weit, doch schon beim Einparken davor fiel uns auf, dass der Laden vollkommen finster war. Moni blieb sitzen und ließ den Motor laufen, während ich ausstieg und gegen die Ladentüre drückte.

„Da ist heute niemand da." Die Stimme einer Frau, ließ mich nach oben blicken. Aus einem Fenster im ersten Stockwerk schaute eine ältere Dame, die das Klischee einer fränkischen Ratschkaddel schon durch ihr Äußeres erfüllte. Die grauen Haare waren mit unzähligen rosa Lockenwicklern auf den Kopf zusammengerollt. Eine nach unten gerutschte, schwere Hornbrille saß auf ihrer Nase und das rote Sofakissen unter ihren Armen lag wahrscheinlich auch nicht zum ersten Mal auf dem Fensterbrett.

„Grüß Gott", sagte ich freundlich. „Wie meinen Sie das?"

„Der Herr Meierle ist normalerweise immer sehr pünktlich, aber heute war er noch nicht da. Ich hoffe, es ist ihm nichts passiert. Der Mann ist eigentlich sehr nett, aber durch seinen Beruf –

na Sie wissen schon, was ich meine. Er ist ja ganz alleine – ich sag immer, ohne eine Frau ist ein Mann nur die Hälfte wert, naja, Sie wissen schon, was ich meine."

Ich wusste wirklich, was sie meinte, dachte aber bei mir: „Lieber alleine, als ein Leben lang mit einer wie der zusammen zu sein."

Laut fragte ich: „Wissen Sie, wo der Herr Meierle wohnt?"

„Ich meine, der wohnt in ??????."

„Wie heißt der Ort?", fragte ich, weil ich wieder nur etwas Ähnliches wie ‚Staaba' verstanden hatte.

„Na, der kommt doch immer mit dem Rad. Ich glaube aus Steinbach." Langsam und überdeutlich hatte sie jetzt diesen Ortsnamen ausgesprochen.

„Und wo ist Steinbach?", fragte ich interessiert.

„Am besten fahren Sie dort nauf", sie versuchte zwar so gut es ging hochdeutsch zu sprechen, das eine oder andere Wort rutschte ihr dennoch auf Fränkisch heraus. „Am Turm vorbei in Richtung Pleikershof – dann kummer's direkt nach Steinbach."

„Danke, Frau?"

Eigentlich wollte ich ihren Namen erfahren, sie verschwand aber schnell vom Fenster und zog eine Sekunde später das rote Kissen vom Fensterbrett.

„Dann halt nicht", dachte ich und ging fröstelnd wieder zum Wagen.

„Der Typ hat heute seinen Laden nicht geöffnet und wohnt in einem Ort, der Steinbach heißt und am Weg zum Pleikershof liegt. Könnte also durchaus unser Mann sein", sagte ich zu Moni, als ich wieder im Wagen saß und mir fröstelnd die Hände vor den Lüftungsschlitzen der Heizung rieb. Sie setzte den Blinker, löste die Handbremse und fuhr los. Ich versuchte mit spitzen, kalten Fingern „Steinbach" in mein Handynavi einzugeben, als Moni sagte: „Ich weiß, wo Steinbach liegt – hier bin ich öfters mit dem Mountainbike unterwegs."

„Sie schafft es immer wieder, mich zu überraschen", dachte ich und blickte sie von der Seite her an. Dass sie oft mit dem Rad in die Arbeit kam, wusste ich, dass sie außerdem mit dem Mountainbike die Gegend unsicher machte, hatte ich nicht gewusst. Ihr Ärger schien etwas verraucht zu sein, denn sie saß deutlich entspannter am Steuer als bei unserer Herfahrt.

Tatsächlich kamen wir an einer Art Aussichtsturm mit einem Spitzdach vorbei und fuhren dann eine schmale Straße in Richtung eines kleinen Bauerndorfes. Die Äcker und Wiesen beiderseits der Straße waren auch mit einem feinen, weißen Überzug bedeckt und ein Philosoph hätte es wahrscheinlich „wie mit Puderzucker bestreut" genannt.

So klein das Dorf auch war, es war zu groß, um jedes Klingelschild nach dem Namen Meierle abzusuchen. Ich griff deshalb mein Handy, wählte die Nummer des Präsidiums, gab der Beamtin am Computer den Namen des Erhängten durch und fragte sie nach dem Wohnort. „Weiherweg, Hausnummer 3, Cadolzburg, Ortsteil Steinbach", sagte die Kollegin beflissen und ich bedankte mich freundlich.

„Nette Stimme", sagte ich und sah, wie meine Partnerin genervt die Augen verdrehte. Sie fuhr gerade über eine Kreuzung und ich konnte aus dem Augenwinkel noch das Schild Pleikershof lesen, in dessen Richtung wir auch fuhren. Kurz bevor das Dorf endete, ging der Weiherweg rechts ab und mündete sofort in einer Sackgasse. An einem kleinen, zweistöckigen Wohnhaus prangte die Zahl 3 und Moni stellte den Wagen vor einer Garage rechts davon ab. Als der Motor erstarb, blieben wir beide noch einen Augenblick sitzen, in der Hoffnung, dass der andere ausstieg und in die Kälte hinausging. Schließlich öffneten wir gemeinsam unsere Türen und stiegen aus. Moni drückte auf die obere der beiden Klingeln, die mit Meierle beschriftet und in einer Siebzigerjahre-Waschbetonsäule untergebracht war. Am unteren Klingelschild war kein Name, oder wenn da mal einer war, dann war er bis zur Unkenntlichkeit verblichen. Erst nachdem sie noch zweimal geklingelt hatte, drückte sie genervt den unteren Klingelknopf. Es dauerte allerdings noch einmal eine Minute, bis endlich die Haustüre geöffnet wurde. Eine Dame, ich schätzte sie auf Mitte sechzig, stand in der Tür und trocknete sich die Hände mit einem karierten Geschirrtuch ab. Ihre brünetten Haare waren hinten einfach zu einem wilden Vogelnest hochgesteckt und ihr Gesicht zeigte nicht nur leichte Altersfalten, sondern auch einen fragenden Blick.

„Guten Tag", sagte Moni höflich. „Kripo Fürth, mein Kollege Bernd Peter und mein Name ist Monika Fröhlich. Wir sind auf der Suche nach Konrad Meierle."

Ich nickte der Frau lächelnd zu, um etwas das Eis zu brechen.

„Der müsste um diese Uhrzeit in seinem Laden sein", sagte sie mit einer sonoren Stimme, bei der Zarah Leander vor Neid erblasst wäre.

„Ja, dort waren wir gerade – der Laden ist jedoch geschlossen", sagte ich mit einem leichten Schulterzucken. „Wir vermuten, dass Herrn Meierle vielleicht etwas zugestoßen ist – haben Sie einen Schlüssel zu seiner Wohnung – Frau?"

Die Brünette blickte mich mit einem Anflug von Erschrecken an und trocknete dabei noch einmal ihre schon trockenen Hände mit ihrem Geschirrtuch.

„Ich heiße Mühling, Gitta Mühling. Ich weiß nicht, ob es Konrad recht wäre, wenn ich Sie in seine Wohnung lasse", sagte sie unsicher.

„Lebt Herr Meierle alleine hier?", fragte Moni. „Oder wissen Sie, ob er eine Frau oder andere Familienmitglieder hat, bei denen er sein könnte?"

„Verheiratet ist er nicht", sagte sie fast etwas zu schnell und ein Hauch von Röte stieg ihr ins Gesicht. „Soviel ich weiß, hat er in der Nähe auch keine Verwandten."

„Haben Sie denn einen Schlüssel", fragte ich noch einmal.

„Ja, ich habe einen Schlüssel."

„Sie können auch gerne mit in die Wohnung kommen, wir wollen uns wirklich nur kurz umsehen."

Ein kurzes Nicken zeigte mir, dass ich sie damit überzeugt hatte. Sie öffnete die Haustüre noch etwas weiter und bedeutete uns mit einer Geste, dass wir eintreten sollten. Ich ließ Moni den Vortritt und schloss dann die Türe hinter mir. Die Hausherrin, ich nahm zumindest an, dass sie es war, ging vor meiner Partnerin die hölzerne Treppe hoch. Dieses Mal merkte Moni anscheinend, dass ich ihr auf den Hintern starrte, und drehte sich kopfschüttelnd und mit zwei Zornesfalten zwischen den Augenbrauen um. Die Hausherrin war indes bereits oben angekommen und drückte die Klinke der Wohnungstür. Dass sie vorher aufgeschlossen hatte, hatte ich wegen Monis auf und ab wippenden Pobacken entweder nicht mitbekommen oder die Tür war einfach offen.

Ich hasste Wohnungen wie diese. Eigentlich hatte ich immer vermutet, dass es so penibel aufgeräumte Wohnungen nur gab, wenn man sich als Besucher angekündigt und dem Bewohner genug Zeit zum Aufräumen gegeben hatte. Aber diese Wohnung bewies das Gegenteil. Hier lag nichts herum, in der Küche waren alle Arbeitsflächen leer und nicht der kleinste Brösel lag auf dem Boden. Im langweilig eingerichteten Wohnzimmer lag noch nicht einmal eine Fernbedienung auf dem Couchtisch. In der Eiche-Rustikal-Wohnwand standen die Bücher größenmäßig sortiert und ein arabisches Mokkaservice wartete auf einem kleinen goldenen Tablett darauf, benutzt zu werden. Auf dem Fensterbrett, neben der Tür zu einem kleinen Balkon, standen drei wirklich beeindruckende Bonsaibäume. Ich ging hin und betrachtete die Pflanzen neidisch. Auch ich hatte bereits zwei Versuche hinter mir, diesem Hobby nachzugehen, aber anscheinend war ich nicht mit so einem grünen Daumen gesegnet wie dieser Herr Meierle. Moni hatte inzwischen einen Rundgang durch die Wohnung beendet und sagte schulterzuckend: „Nichts zu finden, was auf einen Selbstmord oder ein Verbrechen hinweisen würde."

„Haben Sie auch einen Ladenschlüssel von Herrn Meierle?", fragte ich die Hausfrau, die sichtlich besorgt an der Wohnungstür stehen geblieben war.

Sie blickte mich verdutzt an und sagte dann mit einer Spur Empörung in der Stimme: „Nein – natürlich nicht!"

Ich schaute ihr einige Sekunden tief in die Augen, bis sie wieder damit begann, ihre Hände am Geschirrtuch abzutrocknen, dann fragte ich direkt: „Hatten Sie eine Affäre mit Herrn Meierle, Frau Mühling?"

Dass ein Mensch so schnell erröten kann und vor allem so heftig, das hatte ich so noch nicht erlebt und eigentlich war das Antwort genug für mich. Die Brünette senkte ihren Blick und versuchte dem Geschirrtuch in ihren Händen den Hals umzudrehen.

„Ich denke nicht", begann sie leise und stockend, „dass man das als Affäre bezeichnen sollte, wenn zwei alleinstehende Menschen sich zueinander hingezogen fühlen und sich gelegentlich treffen." Sie hob ihren Kopf und sah erst Moni und dann mir trotzig ins Gesicht.

„Sie haben recht!", stimmte ihr Moni zu und bedeutete mir mit einem Kopfnicken, dass wir von hier verschwinden sollten.

Als wir wieder im Wagen saßen und zurück nach Cadolzburg fuhren, sagte meine Partnerin: „Wir müssen in den Laden und uns umsehen, ruf mal den Chef an!"

Ich zog mein Handy raus, tippte in den Kontakten die Nummer unseres Dienststellenleiters und hielt mir das Ding ans Ohr.

„Peter, Mahlzeit Günter", sagte ich, als er sich mit Lauterbach gemeldet hatte.

„Was gibt es?", fragte er kurz angebunden.

„Moni und ich sind bei dem Suizid in Cadolzburg und waren gerade in der Wohnung des vermeintlichen Toten. Dort konnten wir aber keine Hinweise oder einen Abschiedsbrief finden und wollten uns jetzt den Laden des Mannes ansehen. Der ist allerdings verschlossen und wir bräuchten einen Beschluss, dass wir ihn öffnen lassen dürfen."

Günter Lauterbach überlegte einen Moment und sagte dann zu mir: „Besorgt euch schon mal einen Schlüsseldienst, ich schick euch den Beschluss aufs Handy. Ist sonst noch was?"

„Nein, alles klar, Günter, wir warten auf den Beschluss."

Ich nickte Moni zufrieden zu und tippte dann in Google das Wort Schlüsseldienst ein. Mir war zwar klar, dass es in dieser Branche üble Abzocker und schwarze Schafe gab, aber was mir jetzt an Lockangeboten und Billiganzeigen im Display angezeigt wurde, sprengte dennoch meine Vorstellungskraft. Ich musste fünf Seiten nach unten scrollen, bis tatsächlich ein Schlüsseldienst aus Cadolzburg auftauchte.

„Üble Branche", sagte ich und tippte die Nummer des Schlüsseldienstes ein.

Die Dame am anderen Ende klang nett und sicherte uns einen Termin in einer Stunde zu. Ich gab ihr die Adresse durch und legte dann auf.

„Ich habe Hunger, Frau Oberkommissarin", sagte ich und erntete einen genervten Seitenblick. „Da ist eine Gaststätte in einer Seitenstraße vom Marktplatz, in der soll es leckere Schäufele geben. Das ist gleich in der Nähe des Tatortes. Und die haben mit Sicherheit auch ein Blättchen Salat für dich."

Eine halbe Stunde später saßen wir in der Gaststube und hatten zwei gigantische Schäufele mit jeweils zwei Klößen vor uns auf den Tellern. Schon der Geruch ließ einem das Wasser im Mund zusammenlaufen. Die Aussicht, gleich in die wunderbar rösche Kruste zu beißen, tat ein Übriges, um meine Augen zum Leuchten zu bringen. Moni hingegen, die eher aus Trotz auch eines der Ungetüme bestellt hatte, standen jetzt schon die Zweifel in den Augen, ob sie diese Portion bezwingen würde.

Zwanzig Minuten und einige Schweißtropfen später lag nur noch der bleiche Schulterknochen in einem Rest Soße vor mir auf dem Teller. Als die drei Rentner von den weltbesten Schäufele gesprochen hatten, haben sie wahrlich nicht übertrieben. Das Fleisch war weich und zart und löste sich fast von selbst vom Knochen und die eingeschnittene Kruste war schlicht anbetungswürdig. Auch Moni tupfte sich mit ihrer Serviette die feuchte Stirn etwas ab und legte sie dann auf ihren noch halb vollen Teller. Ich griff über den Tisch, stibitzte einen Rest Kruste und schob ihn mir genüsslich in den Mund. Für mehr war aber auch mein Magen nicht mehr aufnahmefähig.

„Super gut, aber viel zu viel", entgegnete Moni auf die Frage des Wirtes hin, ob es uns geschmeckt habe.

„Echt lecker", sagte ich schwärmerisch und versuchte, trotz des Völlegefühls in meinem Magen, das Ganze mit einem Lächeln zu unterstreichen.

Minuten später hatten wir bezahlt und waren zu Fuß auf dem Weg zum nahen Waffengeschäft. Der Mann vom Schlüsseldienst war bereits da und blickte demonstrativ auf die Uhr.

„Kripo Fürth, mein Name ist Peter und das ist meine Kollegin Fröhlich", sagte ich und zeigte dem Mann meinen Ausweis. Wir ermitteln in einem Fall von Selbstmord und müssen uns den Laden des Toten anschauen. Hier ist der Gerichtsbeschluss, dass Sie den Eingang öffnen dürfen." Ich rief den Beschluss auf, den Günter uns während des Essens bereits geschickt hatte.

Der junge Mann überflog ihn nur kurz, dann machte er sich ans Werk.

„Bitte nicht alles zerstören, der Laden muss danach wieder abschließbar sein", sagte ich noch nachdrücklich und wandte mich dann dem Schaufenster zu. Neben verschiedenen Schreckschusspistolen und Luftgewehren lag auch eine ganze Reihe an Taschenmessern und Jagdmessern in der Auslage, die durchaus mein Interesse weckten. Moni stand indessen zwei Läden weiter und betrachtete die Auslagen eines Schuhgeschäftes.

„Ich bin fertig", sagte der junge Mann des Schlüsseldienstes und verstaute seine Werkzeuge wieder in einem Lederkoffer.

„Ich schätze, dass der Laden eine Alarmanlage haben wird. Damit kenn' ich mich allerdings überhaupt nicht aus. Wenn Sie hier noch unterschreiben würden." Er hielt mir einen Block mit einem Formular hin und ich machte eine kleine Geste mit dem Daumen in Richtung Moni, die gerade wieder zurückkam.

Ich drückte entschlossen gegen die Tür, in der Erwartung, dass gleich ein Alarm losgehen würde, aber es geschah nichts. Ich betrat einen Raum mit Siebzigerjahre-Flair. An der Wand hinter der Glastheke standen dunkle Holzschränke mit Schubladen. Es wirkte auf mich eher wie eine Apothekeneinrichtung. In der Glastheke lagen noch mehr Schreckschusswaffen und Messer, dazu noch Kompasse und Zippos. An der gegenüberliegenden Wand standen einige Kleiderständer mit Hosen, Jacken und Hemden, bei denen die Farbe Grün deutlich dominierte. Neben dem Durchgang zu einem weiteren Raum stand ein Regal mit Fachbüchern über die Jagd, über das Waffenrecht und über Waffen im Allgemeinen. Im zweiten Raum fiel sofort eine fast raum-hohe, graue Tresortüre auf. Erst auf den zweiten Blick sah ich den Schreibtisch mit einem zugeklappten Laptop darauf. Wie in der Wohnung war auch hier alles fein säuberlich aufgeräumt und penibel sauber. Ich ging um den Schreibtisch mit der mahagoni-farbenen Tischplatte herum und starrte auf eine Schrift, die tief in das Holz hineingekratzt war. Es waren altdeutsche Schrift-zeichen und ich konnte sie nur nach einigen Mühen entziffern.

der Erste soll am Halse hängen

„Moni!", rief ich aufgeregt.

Dieses Mal beruhigte mich das Klappern ihrer hochhakigen Schuhe, das sich mir zügig näherte.

Als sie Augenblicke später neben mir stand, konnte ich ihre Körperwärme spüren. Ich nahm einen tiefen Atemzug ihres weiblichen Geruches und starrte weiter auf die Schrift und auf das mittelalterliche Messer, das daneben tief in der Tischplatte steckte. Die herausgearbeiteten Späne lagen nicht nur auf der Tischplatte, sondern waren auch rings um den Schreibtisch auf dem Boden verteilt.

„Denkst du, der Typ hat das selbst geschrieben?", fragte ich Moni.

„Sieht nicht so aus. Der hätte mit Sicherheit danach sauber ge-macht und nicht so einen Saustall hinterlassen. Ich denke, du rufst besser die SpuSi an, die sollen sich das mal ansehen."

Ich zog wieder mein Handy aus der Tasche, machte ein paar schnelle Fotos und rief dann die Spurensicherung an.

Ursprünglich hatte ich vor, den Laptop nach Hinweisen oder Mails zu durchsuchen, das überließ ich jetzt aber den Profis der SpuSi. Moni starrte noch immer auf die eingeritzte Schrift, als ich sagte: „Mir war das mit der Leiter auch schleierhaft."

Sie richtete sich auf, schaute mich fragend an und sagte: „Wel-che Leiter?"

„Eben", antwortete ich. „Welche Leiter hat er benutzt, um das Seil im Brusela zu befestigen. Mit dem Klappstuhl konnte er un-möglich das Seil in der Höhe befestigen. Und dass er die Leiter nach dem Anbringen des Seils wieder wegräumt, bevor er sich aufhängt, wäre selbst für einen Aufräum-Nerd wie den ungewöhnlich."

„Du denkst, er wurde dort aufgehängt?"

„Keine Ahnung, sag du es mir. Ich schätze, dass dieser Satz hier nicht zu den Abschiedsbriefen gehört, die man so im Allgemeinen schreibt, schon gar nicht in der altdeutschen Schrift."

„Aber, wenn es kein Abschiedsbrief ist, was ist es dann? Was soll uns diese Zeile sagen, oder für wen ist sie bestimmt?" Die zwei steilen Denkfalten zwischen Monis Augenbrauen erschienen dieses Mal wegen unseres Falls und nicht aus Zorn auf mich und ich war echt froh darüber. Wir stöberten noch etwas im Laden herum, bis endlich die Spurensicherung vorfuhr. Es war, Gott sei Dank, das gleiche Team, das vormittags bereits den Ort des Selbstmordes untersucht hatte, und so war ihnen schnell der Zusammenhang mit dem Toten klar. Sie nahmen Proben der Späne, versuchten auf der Tischplatte Fingerabdrücke zu finden und tüteten schließlich das rostige Messer mit dem einfachen Holzgriff ein.

„Es sieht fast so aus, als sei auf der Klinge eine Spur von Blut. Genaueres können wir aber erst sagen, wenn wir das Messer im Labor untersucht haben", sagte einer der Beamten.

„Wird die Leiche obduziert?", fragte ich nach, aber er zuckte nur nichtwissend mit den Schultern. Wir blieben noch so lange, bis der Laden wieder verschlossen und mit Sperrband versiegelt war, dann machten wir uns auf den Weg.

Auf der Rückfahrt ins Präsidium hingen Moni und ich unseren Gedanken nach und schwiegen uns an.

Im Büro angekommen, saß ich wieder an meinem Schreibtisch, hatte meinen Kopf auf die Hände gestützt und glotzte zu Moni, die am Schreibtisch gegenüber eifrig etwas in ihren Computer eintippte. Insgeheim war ich froh, dass sie es war, die das lästige Berichteschreiben übernahm, wenn wir zusammenarbeiteten. Als hätte sie meinen Blick auf sich gespürt, hob sie kurz den Kopf und zog ihre Stirn in Falten. Mit einem Kopfnicken deutete sie dann auf den Aktenstapel auf meinem Schreibtisch und gab mir unmissverständlich zu verstehen, dass ich mich seiner annehmen sollte, und zwar jetzt. Ich grinste gezwungen, schnappte mir die oberste Akte und öffnete sie gehorsam.

Es war drei Tage später, als wir den Bericht der Spurensicherung und der Obduktion des Leichnams in die Hände bekamen. Aus einem Suizidfall war mit großer Wahrscheinlichkeit ein Mordfall geworden. Moni saß an ihrem Schreibtisch und studierte die Akte. Ich hatte es mir auf einer Ecke des Tisches bequem gemacht und nahm von ihr nach und nach die einzelnen Blätter und Fotos entgegen, um sie mir in Ruhe anzusehen. Durch die Bilder des Erhängten bekam der Fall jetzt endlich ein Gesicht. Das Gesicht war jedoch recht unspektakulär. Ein Mann Mitte sechzig mit schütterem, kurz geschnittenem Haar, rundem Gesicht und dazu völlig unpassenden, buschigen Augenbrauen. Die Haut war blau verfärbt und die Zunge quoll aus dem halb geöffneten Mund.

„Das Messer scheint aus dem dreizehnten Jahrhundert zu stammen, ist also keine dieser modernen Waffen, die das Opfer in seinem Laden anbot. Das Ding hatte tatsächlich etwas Blut an der Klinge. Nach der DNA-Analyse stammt das allerdings nicht vom Toten. Der Abgleich mit der Datenbank brachte auch keinen Treffer. Ob das Alter des Messers Zufall ist oder einen Hinweis darstellt, kann uns keiner sagen."

Monis Zusammenfassung klang nicht so, als hätten wir einen Ansatzpunkt, an dem wir unsere Ermittlungen beginnen konnten.

„Er wurde betäubt", sagte ich in Gedanken, als ich den toxikologischen Bericht der Obduktion überflog und auf den Begriff Ketamin stieß. „Eine Überdosis Ketamin. Die hätte gereicht, einen Elefanten zu betäuben." Moni wusste genau wie ich, dass Ketamin eine Partydroge war, die bei zu hoher Dosierung dazu führte, dass Menschen völlig willenlos wurden. Oft wurde sie auch heimlich verabreicht, um sich Opfer gefügig zu machen. Sie nahm mir den Bericht aus der Hand und überflog ihn, dann gab sie ihn mir wieder zurück.

„Das hättest du mir auch einfach einmal glauben können", sagte ich genervt, ohne sie dabei anzublicken.

„Warum?", fragte sie erstaunt.

„Weil wir Partner sind und ich durchaus in der Lage bin, einen Obduktionsbericht zu lesen." Jetzt schaute ich sie herausfordernd an, bekam aber weder einen Blick noch eine Antwort.

„Danke für das Gespräch", sagte ich und ging.

Mein Ziel war die Cafeteria im Erdgeschoss des Präsidiums, denn ich hatte wieder einmal keine Zeit gehabt, zuhause zu frühstücken. Ich legte mir eine der mit Schinken und Käse lecker belegten Baguettesemmeln aufs Tablett und ließ mir einen Kakao aus dem Automaten. Dann setzte ich mich in die hinterste Ecke des Speiseraumes und ließ es mir schmecken. Meine Gedanken drehten sich um den Fall, kamen aber nicht darauf, was für ein Motiv hinter dieser recht aufwendigen Tat stecken konnte. Unser Hintergrundcheck hatte keine Auffälligkeiten ergeben. Konrad Meierle war weder reich noch arm, er hatte keine Familie und auch keine Lebensversicherung, die ein Motiv hätte sein können. Er war im Prinzip so etwas wie eine graue Maus, die nie auffällig geworden war. So jemanden zu töten brachte niemanden einen Vorteil. Selbst geschäftlich hatte er sich immer vorbildlich verhalten. Seine Kunden waren hauptsächlich Jäger und Schützen, die er, nach unseren Recherchen, recht fachkundig beraten und mit tadellosen Waffen ausgerüstet hatte.

„Sorry."

Ich schrak aus meinen Gedanken auf und blickte zu Moni hoch, die mit einem Tablett neben meinem Tisch stand. Sie setzte sich mir gegenüber und sah mich mit einem bittenden Schmollmund an.

„Passt schon", sagte ich und kratzte mich etwas verlegen an meinem 5-Tage-Kinnbart.

„Du kannst Berichte lesen und du kannst auch die richtigen Schlüsse daraus ziehen", sagte sie eindringlich. „Aber ich bin nun mal ein furchtbarer Kontrollfreak und bilde mir meine Meinung lieber selbst."

„Schon gut, wir sollten uns um den Fall kümmern und uns nicht anzicken", sagte ich abwiegelnd.

„Du hast recht", entgegnete sie und biss herzhaft in ein Croissant.

„Was haben wir?"

„Wir haben nicht den kleinsten Anhaltspunkt, an dem wir einhaken können. Der Mann war ein Niemand, hat keiner Menschenseele etwas zuleide getan, hatte keine Laster außer einer Liaison mit seiner Vermieterin und einer kleinen Bonsaizucht. Niemand hat in dieser Nacht etwas bemerkt, auch nicht Frau Oberwichtig aus der Wohnung über dem Laden."

„Frau Oberwillig", korrigierte mich Moni.

Die Dame mit den Lockenwicklern hatten wir uns nämlich auch noch einmal etwas genauer zur Brust genommen.

„Keiner hat den Mann aus seinem Laden kommen sehen und wahrscheinlich hat er seinen Mörder sogar gekannt und selbst in den Laden gelassen. Vielleicht ein Kunde oder ein Bekannter. Wie er an dem Seil gelandet ist, ist mir auch ein Rätsel. Er war eindeutig zu schwer, um ihn alleine, wahrscheinlich ohne Bewusstsein, auf einen Klappstuhl zu heben, ihm eine Schlinge um den Hals zu legen und dann den Stuhl umzustoßen."

„Du denkst, es waren mehrere Personen?", fragte mich Moni überrascht.

Sie hielt ihre Kaffeetasse mit beiden Händen vor sich, hatte ihre Ellbogen auf dem Tisch abgestützt und blies in das dampfende Getränk.

„Sag du es mir, dein Dienstgrad ist höher bezahlt als meiner, also solltest du auch mehr draufhaben."

Sie machte ein zorniges Gesicht, aber ihre Augen lachten dabei verschmitzt.

„Ich denke, der Klappstuhl war nur eine Requisite und der tatsächliche Mord lief ganz anders ab – aber frag mich nicht wie", versuchte ich meine wirren Gedanken in Worte zu packen.

„Wie?", kam die unvermeidliche Nachfrage.

„Der Spruch, der Erste soll am Halse hängen, ist das ein Hinweis? Oder soll er uns in die Irre führen? Und wenn er der Erste ist, kommt dann auch irgendwann ein Zweiter?"

Dieser Ansatz schien Moni noch gar nicht in den Sinn gekommen zu sein, denn sie schaute mich mit einer Mischung aus Unglauben und Bewunderung an.

Den Rest des Tages verbrachten wir damit, an der Wand unseres Büros eine Übersicht des Falles zu konstruieren. Nicht nur die Bilder des Tatortes landeten an der Pinnwand, sondern auch die Berichte und Befunde der Obduktion und der Spurensicherung. Außerdem der Zeitungsbericht mit der reißerischen Schlagzeile „Waffendealer im Brusela erhängt". Am Schluss druckte ich noch die Bilder des altdeutschen Schriftzuges und des Messers aus meinem Handy aus und heftete sie ebenfalls an die Pinnwand.

Danach fuhr ich völlig aufgekratzt nach Hause. Es war derart kalt an diesem Abend, dass es die Heizung meines Wagens erst geschafft hatte, den Innenraum etwas aufzuheizen, als ich bereits nach Stein hineinfuhr. Zum Glück war es in meiner Wohnung dann kuschelig warm, sodass die Kälte draußen schnell vergessen war. Um die Gedanken an den Fall loszuwerden, die sich in meinem Kopf im Kreis drehten, schaltete ich meine Konsole und den gigantischen Bildschirm ein und zockte ein übles, fast schon krankes Ballerspiel, bis mir die Augen schwer wurden und ich auf dem Sofa einschlief. Es war mitten in der Nacht, als mich der Klingelton meines Handys aus dem Schlaf riss. Es war nicht das Leuten des Weckers, sondern ein Anruf. Schlaftrunken blickte ich auf das Display und sah neben Monis Namen die Uhrzeit.

„Moni, es ist halb sieben in der Nacht."

„Guten Morgen, Bernd, mach dich sofort auf die Socken, wir haben den zweiten Mordfall."

Ich war von einer Sekunde zur nächsten hellwach und in Gedanken sofort wieder bei unserem Fall. Nachdem ich gestern, dem Ratschlag von Moni folgend, früher schlafen gegangen war, ging es mir deutlich besser als sonst. Fünfzehn Minuten später öffnete ich meine Haustüre und lief praktisch gegen eine Eiswand. War es die Tage vorher nachts schon sehr kalt gewesen, so übertraf diese Nacht die vergangenen noch einmal deutlich. Außerdem hatte es auch noch geschneit und die Welt lag unter einer feinen weißen Puderschicht. Die Scheiben meines Wagens waren übel zugefroren und leisteten meinem Eiskratzer heftig Widerstand.

Der Berufsverkehr um diese Uhrzeit war noch überschaubar und so stand ich nach weiteren zehn Minuten in der Tiefgarage des Präsidiums. Moni stand neben dem BMW, hob nur kurz die Hand zur Begrüßung und stieg ein.

„Morgen", sagte ich kurz und wartete darauf, dass sie die Initiative ergriff und mich in die Lage einwies.

„Dieses Mal ist unser Opfer ertrunken", sagte sie gefasst. „Mehr weiß ich leider auch noch nicht."

Wir fuhren den gleichen Weg wie beim ersten Mal. Jedoch lenkte Moni den Wagen durch das Brusela hindurch über den Marktplatz in Richtung Burghof. Das geisterhafte Blinken eines Blaulichtes wies uns dabei den Weg. Wir durchquerten ein weiteres Tor und standen im Vorhof zur Cadolzburg. Ein massiver Bauzaun verlief über den ganzen Platz und einige Baumaschinen standen herum. Von Osten her schob sich langsam der neue Tag über den Horizont und vertrieb gemächlich die dunklen Schatten aus dem Burghof. Der Streifenwagen, der das Blaulicht an die Fachwerkwände der Gebäude des Hofes warf, stand rechter Hand auf einer Wiese und eine Gruppe Männer schien im Scheinwerferlicht heftig zu diskutieren. Moni stellte ihren Wagen daneben und wir stiegen aus. Der uniformierte Kollege, der auf uns zukam, erkannte uns, deshalb ließen wir unsere Ausweise stecken.

„Guten Morgen, Kollegen", sagte er leise, als wollte er die Ruhe des Morgens nicht stören.

„Moin", entgegnete ich und zog den Reißverschluss meines US-Parkers ganz nach oben. Die Hände vergrub ich tief in den Taschen und zog den Hals ein, um die Wärme des Autos noch etwas länger in der Jacke zu halten. Moni hatte heute auch auf einen Rock verzichtet und stattdessen eine Jeans an. Ein hüftlanger, weißer Pulli schaute unter ihrer Collegejacke hervor und ein dicker Schal war zu einem Kälteblocker mehrfach um ihren Hals gewickelt.

„Die Bauarbeiter haben den Toten gefunden, als sie hier eintrafen." Er deutete bei dieser Erklärung auf einen weißen Kleintransporter, der nur aus Dellen und Rost zu bestehen schien und etwas abseits stand. Wir folgten dem Streifenpolizisten, der langsam auf die Gruppe Männer zuging, die an einer Art Becken standen, das auf drei Seiten von einer Sandsteinmauer eingefasst war. Die vier Handwerker hatten alle weiße Maurerhosen und dicke, mit weißem Kunstfell gefütterte, rot-schwarz karierte Jacken an.

„Guten Morgen, die Herren", sagte Moni lächelnd und erntete misstrauische Blicke und das ein oder andere Kopfnicken. Ich ging an das Becken heran, das einen umlaufenden, etwa einen Meter breiten Rand aus Sandstein und feinem Schotter hatte. Ein neuartiges Stahlgeländer sorgte dafür, dass keiner in das Wasserbecken fallen konnte.

Ein weiterer Wagen kam mit quietschenden Reifen in den Hof gefahren und stoppte neben unserem. Ein Mann, der auf den ersten Blick aussah, wie man sich den typischen Beamten vorstellt, stieg aus und kam hektisch auf uns zu. Er hatte eine schwarze Hose an und über einem bordeauxroten Pullover eine hellbraune Anzugjacke mit aufgenähten Ellbogenschonern. Mit seinen strubbeligen, grau melierten Haaren und seiner Brille mit den runden Gläsern erinnerte er entfernt an Albert Einstein.

„Was ist passiert?", rief er etwas zu laut und zu hektisch. „Was ist hier los?" Anscheinend fassungslos starrte er in das Wasserbecken.

„Wer sind Sie", fragte Moni in einem sehr zutraulichen Tonfall.

„Ich heiße Wolfgang Kleinlein. Ich bin von der bayerischen Schlösserverwaltung und zuständig für die Renovierungsarbeiten hier - warum ist Wasser in der Pferdeschwemme? Hier darf kein Wasser eingefüllt werden!"

Die Pferdeschwemme in der Vorburg wurde erst bei Aufräumarbeiten nach dem Brand im Krieg entdeckt und wiederhergestellt. Im ausgehenden Mittelalter diente sie der Reinigung von Pferden und Fuhrwerken, bevor sie in den Stall gebracht wurden.

„Ich bin Monika Fröhlich und das ist mein Kollege Bernd Peter. Wir sind von der Kriminalpolizei Fürth." Erst streckte ihm Moni ihre Hand hin, dann ich.

„Wieso ist Wasser in der Pferdeschwemme?", wiederholte er noch einmal fassungslos und zeigte einen ungläubigen und geschockten Gesichtsausdruck. Durch diese Frage war mir jetzt klar, dass in dieser Grube normalerweise kein Wasser stand.

Dass von einem Ertrunkenen nur die Füße und die Hälfte der Waden aus dem Wasser ragten, so als mache er auf dem Grund einen Handstand, sah nicht nur merkwürdig aus, sondern schien in meinen Augen auch physikalisch gar nicht möglich zu sein. Die dünne Eisschicht, die die Wasseroberfläche bedeckte, war vollkommen glatt und durchsichtig. Nachdem der restliche Burghof unter einer dünnen Schicht frischen Schnees lag, war das für mich ein Indiz, dass das Wasser erst gefroren war, als es schon aufgehört hatte zu schneien.

„Und wie kommt das Wasser hier rein?", fragte ich Einstein.

„Hier ist nie Wasser drin. Das ist eine historische Pferdeschwemme, die nach dem Krieg entdeckt und freigelegt worden ist."

„Und was bitte ist eine Pferdeschwemme?", fragte ich neugierig.

Einstein sah mich an, als hätte ich ihn gerade mit der Hand ins Gesicht geschlagen.

„Das ist eine mittelalterliche Waschanlage für Pferde", erklärte er dann überheblich.

„Danke."

„Irgendwo muss das Wasser ja hergekommen sein", sagte Moni zweifelnd.

Mir fiel eine kleine Rinne auf, die am Boden unterhalb der Sandsteinwand verlief und in das Becken mündete, und ich fragte den Mann von der Schlösserverwaltung nach ihrer Funktion.

„Hier läuft das Regenwasser des Hofes zusammen und wird in die Pferdeschwemme geleitet, außerdem ist es der Ablauf in die Pferdetränke. Die Burg hatte schon im Mittelalter einen Frischwasserzulauf, das dadurch nachhaltig genutzt wurde", er deutete dabei auf einen Holztrog mit Wassereinlauf, der ungefähr zwanzig Meter entfernt stand. „An der linken unteren Ecke ist aber mittlerweile ein Ablaufgitter, sodass sich niemals Wasser in der Schwemme aufstauen kann."

„Gestern war da auch noch kein Wasser drin", mischte sich einer der Bauarbeiter ein.

„Ruf die Feuerwehr, Bernd, wir müssen das Wasser da herausbekommen, ansonsten kommen wir nicht an den Toten heran, wenn das Becken bei der Kälte noch weiter zufriert", sagte Moni in befehlsgewohntem Tonfall.

Ich zog mein Handy aus der Jackentasche, wählte die 112 und erklärte dem Typ von der Leitzentrale der Feuerwehr kurz darauf die Situation, und dass wir einen Trupp zum Abpumpen des Wassers brauchten. „Bitte rückt nicht mit euren großen Wagen an, ich denke, dass ihr damit nicht durch die alten Burgtore kommt", ergänzte ich noch.

Schon während ich telefonierte, kam der nächste Wagen in den Schlosshof gefahren und blieb in der Mitte des Hofes stehen. Ich ging auf den grün-weißen Polizeibus zu und begrüßte die Leute von der Spurensicherung. Ich erklärte ihnen die Situation und erntete ein verständnisloses Kopfschütteln.

„Was sollen wir noch hier? Wenn hier mal irgendwelche Spuren waren, dann habt ihr sie jetzt alle vernichtet!"

Ich schaute zum Tatort und musste dem Mann recht geben. Der Platz vor der Pferdeschwemme und auch der Rand mit dem Geländer waren über und über mit Reifen- und Fußspuren kontaminiert und immer noch liefen dort die Handwerker, Polizisten und Albert Einstein herum.

„Die Feuerwehr ist gleich da", sagte ich zu Moni, als ich wieder an der Pferdeschwemme stand. „Hast du die Personalien der Bauarbeiter schon aufgenommen? Dann könnten wir sie wegschicken. Die Leute von der SpuSi sind nicht gerade glücklich über den Auflauf hier."

Moni hob nur kurz ihr Handy und gab mir damit zu verstehen, dass sie die Personalien bereits hatte.

„Alle mal herhören", sagte ich laut. Bitte verlassen Sie jetzt den Tatort, dann können unsere Kollegen von der Spurensicherung ihre Arbeit machen. Bitte fahren Sie auch die Fahrzeuge weg, herzlichen Dank!"

Inzwischen war die Sonne über der Burgmauer aufgestiegen und vertrieb nicht nur die Dunkelheit, sondern spendete in der herrschenden Kälte auch eine angenehme Wärme.

Es dauerte nur ein paar Minuten, dann waren die Bauarbeiter in der Burg verschwunden, die beiden Streifenpolizisten riegelten den Tatort mit einem Sperrband ab und Wolfgang Kleinlein von der bayerischen Schlösserverwaltung saß in seinem Wagen und telefonierte. Moni und ich sahen den drei Kollegen der Spurensicherung zu, wie sie ihren Job machten. Da aber weder Finger-, Reifen- noch Fußabdrücke zu identifizieren waren, begnügten sie sich damit, alles auf Fotos festzuhalten. Somit hatten sie ihre Arbeit innerhalb kürzester Zeit erledigt und verschwanden in ihrem Wagen.

„Jetzt könnte doch endlich die Feuerwehr kommen", sagte ich frierend und erntete ein zustimmendes Kopfnicken von Moni. Die hatte ihre Hände tief in den Taschen der Collegejacke vergraben und stampfte auf der Stelle, um ihre eiskalten Füße irgendwie warm zu bekommen.

„Als ein roter Kleintransporter durch das Burgtor fuhr, war mein erster Gedanke: „Na endlich." Und mein zweiter: „Da drin kann keine Wasserpumpe sein!"

Der Fahrer fuhr bis zur Absperrung vor und stieg dann, gefolgt von zwei Kollegen, aus. Zwei Mann hatten ihre feuerfesten Anzüge an, die meiner Meinung nach hier etwas deplatziert waren, und einer trug einen dicken Neoprentauchanzug, allerdings ohne Atemgerät und Flossen.

Moni und ich stellten uns wieder vor und erklärten den Feuerwehrlern dann die Lage. Noch während wir erklärten, kam der Mann von der Schlösserverwaltung und einer der Beamten der Spurensicherung dazu. Nach einer etwas hitzigen Diskussion, bei der uns Albert Einstein immer wieder ermahnte vorsichtig zu sein und an der historischen Anlage nichts zu zerstören, luden zwei der Feuerwehrmänner eine altertümliche Pumpe aus dem Wagen, die aussah wie ein alter VW-Käfer-Motor. Der dritte, im Taucheranzug, hatte aus dem Wagen eine Tauchermaske und einen Bleigurt geholt und legte jetzt beides an.

Wenn ich nur daran dachte, in das eiskalte Wasser zu steigen, zog es meinen ganzen Körper zusammen und ein Schauer lief mir den Rücken hinunter.

„Das Ablaufgitter ist in der unteren linken Ecke", sagte Wolfgang Kleinlein zum wiederholten Male und keiner hörte mehr hin.

Während die beiden Feuerwehrleute einen langen Schlauch ausrollten, watete der dritte bereits in die Pferdeschwemme hinein. Die dünne Eisschicht brach sofort und stellte für ihn kein Hindernis dar. Er schob die gebrochenen Eisplatten einfach unter das andere Eis und kam so schnell vorwärts. Je weiter der Mann in die Schwemme hineinlief, umso tiefer wurde das Wasser. Als er bei dem Toten ankam, rief ihm der Beamte der Spurensicherung zu, dass er ihn nicht berühren und einen möglichst weiten Bogen um die Leiche einschlagen solle. Der Feuerwehrmann tat, wie ihm geheißen, und erreichte schließlich die hintere linke Ecke der Pferdeschwemme. Inzwischen schauten nur noch sein Kopf und seine Schultern aus dem Wasser. Er drehte sich noch einmal kurz zu uns um, holte tief Luft und verschwand dann unter der Wasseroberfläche. Ich ging inzwischen am linken Rand der Schwemme entlang zur hinteren Ecke und schaute fasziniert in das glasklare Wasser, das nur am Weg des Tauchers etwas aufgewirbelten Dreck zeigte. Ich sah, wie der Feuerwehrmann sich unter Wasser in der Ecke des Beckens mit etwas abmühte und dabei durch den Mund langsam Luft abließ. Kurz darauf tauchte er wieder auf und zog gierig frische Luft in seine Lungen. Seine Lippen waren blau und er zitterte am ganzen Körper.

„Verdammt frisch", sagte er mit zittriger Stimme, aber lächelnd.

„Wie sieht es aus", fragte ich in ruhigem Tonfall, um ihn etwas zu beruhigen.

„Da steht eine Metallplatte vor dem Ablauf. Der Wasserdruck ist aber zu stark und ich bekomm sie nicht weg."

Ohne einen weiteren Kommentar holte er tief Luft und verschwand wieder. Inzwischen hatte er in der Ecke so viel Schmutz aufgewühlt, dass ich seine weiteren Bemühungen nicht mehr mitbekam. Dieses Mal blieb er deutlich länger unter Wasser und nicht nur ich machte mir Sorgen, wo er blieb, sondern auch seine Kollegen, die mit eiligen Schritten zu mir kamen. Einer nestelte schon am Verschluss seiner schweren Jacke herum, als der Kopf des Tauchers endlich wieder keuchend durch die Wasseroberfläche stieß. Nach zwei tiefen Atemzügen grinste er uns siegessicher an und hob das einfache Holzbrett hoch.

Noch bevor ich es nehmen konnte, rief der Mann im weißen Overall von der SpuSi: „Stopp", und griff dann mit seinen silikonbehandschuhten Händen zu.

„Das Ablaufloch zieht super, ich denke die Pumpe ist nicht nötig", sagte der Taucher später zitternd, während er sich mühsam aus dem engen Neopren schälte.

Während die zwei Feuerwehrleute ihre Ausrüstung wieder einpackten und der Taucher sich in der Kälte seine trockenen Sachen anzog, ging ich mit Moni und dem Beamten der Spurensicherung wieder zur Pferdeschwemme. Wir sahen zu, wie der Tote durch den schwindenden Wasserstand langsam seine Position im Wasser veränderte. Der Beamte der Schlösserverwaltung war inzwischen verschwunden. Sein Wagen stand noch an seinem Platz, deshalb nahm ich an, dass er in der Burg nach dem Rechten sah.

Es dauerte noch eine ganze Zeit lang, bis der Tote endlich auf dem Trockenen lag. Das Wasser war zwar noch nicht ganz aus der Pferdeschwemme abgelaufen, aber dort, wo der Tote lag und ein Amboss am Grund stand, war das Wasser weg. Der Ablauf in der Ecke gab inzwischen schmatzende und gurgelnde Geräusche von sich, weil er mit dem Wasser immer mehr Luft einsog.

Moni und ich ließen den drei Beamten der SpuSi den Vortritt und begnügten uns damit, ihnen vom Rand der Pferdeschwemme aus zuzusehen, wie sie ihren Job machten.

Der Tote war mit einem Hanfseil, das locker um seinen Hals lag, an dem Amboss befestigt und seine Hände waren auf dem

Rücken, ebenfalls mit einem Hanfseil, zusammengebunden. Obwohl ich ihn nicht richtig sehen konnte, weil er auf dem Gesicht lag, schätzte ich das Alter des Mannes auf zwischen dreißig und vierzig. Er hatte Jeans an und ein schwarzes T-Shirt. An den Füßen trug er graue Sneakers und schwarze Socken. Das volle, kurz geschnittene Haar glänzte von der Nässe jetzt zwar schwarz, ich nahm aber an, dass es eher dunkelbraun war.

„Wir sind fertig, ihr könnt ihn euch jetzt ansehen!", sagte der Beamte der Spurensicherung nach einigen Minuten und winkte uns heran.

Das Wasser aus der Pferdeschwemme war inzwischen fast restlos abgelaufen und damit hatte auch das nervige Gurgeln des Ablaufes ein Ende.

„Durch das Wasser ist es schwierig, etwas festzustellen", sagte der Kollege bedauernd. „Über die Todesursache können wir erst etwas sagen, wenn die Leiche obduziert wurde. Maßgeblich ist, ob Wasser in der Lunge ist oder nicht.

Interessant ist allerdings die Inschrift auf dem Amboss.

der Dritte wird im Wasser versaufen

las ich mühsam die altdeutsche Schrift, die tief in die Oberfläche des Ambosses eingraviert war.

Meine ersten, erschreckenden Gedanken waren „Wir haben einen Serienmörder. Und wo ist der zweite Tote?"

Ich sah Moni ins Gesicht und wusste, dass sie das Gleiche dachte wie ich.

Der Amboss sah sehr alt und stark benutzt aus und ich ging in die Knie, um ihn mir genauer anzusehen. Normalerweise stand so ein Ding ja auf einem stabilen Sockel, dieser hier jedoch nicht. An dem breiten Fuß hatte er zwei Befestigungslöcher und eine etwas erhabene Zahlenfolge, die eine verschnörkelte 1350 darstellte.

„Alt", sagte ich und wandte mich dem Toten zu. Ich griff ihm an die mir abgewandte Schulter und drehte ihn mit einem Ruck zu mir herum. Ich kippte vor Schreck fast nach hinten, als mich das schreckensstarre Gesicht des Mannes vorwurfsvoll anglotzte. Moni erging es anscheinend nicht viel besser, denn sie machte schnell ein paar Schritte weg von mir und dem Toten. Ich schloss meine Augen, so wie ich es auch bei Horrorfilmen machte, wenn sie mir zu heftig wurden, und atmete zweimal tief durch. Dann richtete ich meinen Blick starr auf den Scorpions-Aufdruck auf dem T-Shirt des Toten und begann dann dessen Taschen zu durchsuchen. Wie schon befürchtet fand ich aber weder Geldbeutel noch Handy. Wahrscheinlich hatte der Mörder alle Hinweise entfernt, die auf die Identität des Opfers hindeuten konnten.

„Er hat einen Ehering", bemerkte meine Partnerin und deutete auf die rechte Hand des Toten.

Ich griff mir die Hand und versuchte den Ring vom Finger abzustreifen, aber der saß derart fest, dass ich schnell aufgab.

„Wir sind dann weg", sagte der Leiter der Spurensicherung hinter mir.

„Alles klar", bestätigte Moni ganz nebenbei.

„Gar nichts ist klar, Leute. Nehmt ihr nicht das Beweismaterial mit?", fragte ich und richtete mich auf.

„Doch, sicher, wir haben alles eingetütet."

„Und was ist mit dem Teil?", fragte ich und deutete mit dem Fuß auf den Amboss.

Der Typ von der SpuSi, wenn ich mich recht erinnerte, hieß er Steffen, ich wusste nur nicht mehr, ob mit Vor- oder Nachnamen, sah mich entgeistert an.

„Oder sollen wir das Ding einladen?", fragte ich herausfordernd.

„Nein, nein, wir nehmen ihn schon mit!"

Sie mussten tatsächlich zu zweit anpacken, um den Amboss zu bewegen, und selbst so mühten sie sich noch heftig ab.

Nach einigen Minuten war der Burghof fast leer. Moni und ich saßen auf der Haube unseres Autos, warteten auf den Leichenwagen und hingen unseren Gedanken nach. Der Wagen von Wolfgang Kleinlein stand noch an seinem Platz neben dem Streifenwagen. Die beiden Polizisten waren am Marktplatz außerhalb des Burgvorhofes unterwegs, um Anwohner zu befragen, ob sie von der Tat etwas mitbekommen hatten.

Als ein weißer Passat Kombi in den Hof fuhr und mit blockierenden Reifen hinter unserem Wagen anhielt, ahnte ich schon das Schlimmste. Ich drückte mich vom Wagen ab und ging den beiden Reportern, die aus dem Wagen sprangen, mit erhobenen Händen entgegen. Noch ehe ich einen Ton sagen konnte, begann der eine schon wie wild zu fotografieren. Der Auslöser stand nicht still, während er erst den offensichtlichen Toten und dann auch den ganzen Burghof ins Visier nahm.

„Stopp", rief ich verärgert und erreichte tatsächlich, dass das Geräusch des Auslösers der Kamera verstummte. „Kripo Fürth." Ich hielt meinen Ausweis hoch, um der Aussage mehr Nachdruck zu verleihen. „Wer sind Sie?"

Der Typ ohne Kamera zog seinerseits einen Presseausweis aus der Tasche, hob ihn wie ich hoch und sagte, indem er meinen Tonfall nachäffte: „Fürther Nachrichten, mein Name ist Kai Swoboda und das ist mein Kollege Rudi Forster."

„Woher wissen Sie von diesem Vorfall?", fragte Moni, die inzwischen an meine Seite getreten war und mürrisch zu den Reportern sah.

„Anonymer Hinweis", sagte Kai Swoboda selbstbewusst. „Und jetzt möchten wir uns bitte die Leiche aus der Nähe ansehen."

Er machte Anstalten, über das Absperrband zu steigen, als Moni ihm entgegentrat.

„Hier ist Ende für dich, mein Freund. Das hier ist ein abgesperrter Tatort", sie machte dabei eine Geste, die die Pferdeschwemme und den halben Burghof einschloss. „Und wenn ihr euch nicht daran haltet, dann buchte ich euch ein und sorge dafür, dass ihr mächtig Ärger bekommt."

Anscheinend völlig unbeeindruckt lächelte sie der blonde Surfertyp schelmisch an und sagte: „Also gut, du bist der Boss. Aber ein paar Infos könnt ihr uns schon zukommen lassen, ansonsten müssen wir uns wieder alles aus den Fingern saugen, um eine gute Story hinzubekommen."

Moni schaute mich kurz an und hoffte wahrscheinlich darauf, dass ich ihr half. Ich setzte allerdings mein neutralstes Pokerface auf und versuchte mich damit aus der Entscheidung herauszuhalten, ob die zwei Reporter jetzt etwas erfahren sollten, und wenn ja, was. Die zwei steilen Falten zwischen Monis Augenbrauen sagten mir, dass es ihr gar nicht passte, dass ich ihr in dem Moment alleine die Entscheidung überließ. Dass der Mann von der Schlösserverwaltung wieder im Burghof aufgetaucht war, bekam ich erst mit, als er sich neben mich stellte.

„Das ist der Leiter der Wiederaufbauarbeiten der Burg, Herr Einst…" Ich verschluckte mich und verbesserte mich hastig: "Herr Kleinlein. Das sind die Leute von der Presse. Haben Sie sie verständigt?", fragte ich den Mann von der Schlösserverwaltung.

„Um Himmelswillen, nein. Wir eröffnen im Juni hier das Museum und können jetzt keine negative Publicity gebrauchen." Trotz der Kälte hatte Einstein eine vor Schweiß glänzende Stirn und atmete nervös ein und aus.

„Dann würde ich sagen, geben Sie jetzt den Pressefritzen die Infos, die nicht negativ sind", sagte ich und erntete von Moni einen dankbaren und zustimmenden Blick. Beide gingen wir wieder zum Toten und stellten uns so vor ihn, dass er von dem Fotografen kaum mehr zu sehen war. Obwohl uns beiden ganz schön kalt war, waren wir noch nicht bereit den Tatort zu verlassen. Bisher hatte er uns einfach noch nicht genug Informationen gegeben.

„Der Täter ist gut", sagte ich fast etwas bewundernd und Moni schaute mich von der Seite her an. „Er hinterlässt uns eigentlich viele Spuren, aber keine bringt uns näher an ihn heran."

„Ich verstehe das Motiv nicht. Hat es irgendetwas mit der Burg zu tun? Oder sogar mit der Eröffnung als Museum? Will der Täter das verhindern? Und wenn ja, warum?"

Ihre Fragen waren auch die, die sich in meinem Kopf im Kreis drehten.

„Und warum füllt jemand eine Pferdeschwemme mit tausenden Litern Wasser, nur um jemanden darin zu ertränken?", fragte ich halblaut, um den Reportern keinen Hinweis zu geben. Die waren immer noch mit dem Typ von der Schlösserverwaltung zugange.

„Und wie hat er das Ding in der kurzen Zeit und noch dazu völlig unbemerkt gefüllt?", überlegte ich weiter und erntete von Moni nur ein Schulterzucken. „Dazu der Amboss. Es ist fast wie beim ersten Mord, bei dem wir nicht wissen, wie der Tote an das Seil kam. Wahrscheinlich hat bei diesem Fall auch nicht einer alleine diesen Amboss hierher transportiert. Also sind es vielleicht doch zwei Täter."

Das Geräusch eines weiteren Wagens, der in den Hof fuhr, holte mich aus meinen Gedanken. Meine Befürchtung, dass noch ein Presseteam eingetroffen war, bewahrheitete sich jedoch, Gott sei Dank, nicht. Der graue Kleintransporter gehörte zum Präsidium und ich eilte zur Absperrung, um ihn durchzulassen. Ich kannte beide Beamten, die ausstiegen, nur flüchtig. Schnell hatten sie den Metallsarg ausgeladen und den Toten darin verstaut. Kaum zehn Minuten später hoben sie kurz die Hände, um sich zu verabschieden, stiegen ein und fuhren vom Hof. Für das Presseteam war die Angelegenheit damit anscheinend auch abgeschlossen, denn auch sie verschwanden genauso schnell, wie sie gekommen waren. Ich ging noch einmal in die Pferdeschwemme und schritt sie komplett ab. Die dünnen Eisschollen zerknackten leise unter meinen Sohlen und man konnte sich kaum vorstellen, dass hier vor Kurzem ein grausiger Mord passiert war.

„Brauchen Sie mich noch?", fragte der Mann von der Schlösserverwaltung hinter mir und ich fuhr fast etwas erschrocken zu ihm herum.

„Was haben Sie den Presseleuten erzählt?", fragte ich neugierig.

„Über den Mord konnte ich nichts berichten", antwortete der Grauhaarige zögerlich. „Ich konnte ihnen etwas von den Renovierungsarbeiten und der anstehenden Eröffnung und außerdem von der Historie der Burg erzählen."

„Können Sie sich vorstellen, dass jemand mit diesen Morden die Eröffnung des Museums verhindern will?", fragte Moni.

Einstein machte ein Gesicht, als hätte er gerade in eine Zitrone gebissen und vorher nicht gewusst, dass sie sauer ist.

„Nein, das kann ich mir nicht vorstellen. Es gab zwar eine kleine Anzahl an Leuten, die gegen die Renovierung der Burg waren. Aber das hatte hauptsächlich finanzielle Gründe. Die Menschen dachten, dass das Geld, ihrer Meinung nach, für andere Projekte sinnvoller ausgegeben werden konnte als für diese historischen Mauern."

„Gut, Herr Kleinlein, das wäre alles. Wenn wir noch Fragen haben, dann melden wir uns bei Ihnen", sagte Moni freundlich und streckte dem Beamten die Hand hin. Auch ich verabschiedete mich von ihm und schlenderte dann in Richtung Burgtor, das zum Marktplatz hinausführte. Noch bevor ich das Tor erreichte, fuhr der Wagen mit Einstein am Steuer an mir vorbei.

Die Fachwerkhäuser im Burghof schienen alle unbewohnt zu sein. Zumindest hatte sich seit unserer Ankunft dort nichts gerührt. Es waren keine Lichter angegangen und es waren auch keine Menschen aufgetaucht. Auf dem Marktplatz hingegen waren schon einige Leute und auch Autos unterwegs. Ich blieb kurz an einem kleinen Buchladen stehen, der auf der linken Seite in einem der historischen Häuser untergebracht war und betrachtete die Bücher in der Auslage. Statt der gängigen Kassenschlager und Erfolgsautoren waren hier feine, für meinen Geschmack fast zu intellektuelle Werke von Autoren ausgestellt, deren Namen mir gar nichts sagten. Daneben waren auch kleine Führer und große Bildbände über die Historie und das Leben in Cadolzburg ausgelegt. Aus reiner Neugier und wahrscheinlich, weil Bücherläden schon immer einen gewissen Reiz auf mich ausgeübt hatten, trat ich an die Ladentüre und drückte die Klinke nach unten. Leider war sie noch verschlossen. Ich blickte auf die Uhr auf meinem Handy und dann auf das Öffnungszeitenschild des Ladens.

„Die machen erst um elf Uhr auf", murmelte ich ungläubig vor mich hin und ging weiter. An einer Gaststätte auf der linken Seite des Marktplatzes sah ich die beiden uniformierten Polizisten im Gespräch mit einer älteren Dame, die mit einem Rollator, in gebückter Haltung vor ihnen stand. Ich blickte mich um, ob Moni noch bei mir war, konnte sie aber nicht entdecken. Dann schlenderte ich zu dem Trio und sah schon im Näherkommen, dass beide Beamten immer wieder versuchten, die Frau abzuwimmeln, diese ihnen aber wie eine Klette an den Fersen hing. Der überlaute Redeschwall, den sie dabei von sich gab, war fast am ganzen Marktplatz zu hören. Einige Passanten standen lächelnd herum und schienen sich über das Trio köstlich zu amüsieren. Als mich die Beamten kommen sahen, waren sie sichtlich froh darüber, endlich einen Grund zu haben, die Frau mit dem Rollator stehen zu lassen, und kamen mir entgegen.

„Habt ihr etwas herausgefunden?"

„Es hat keiner etwas gesehen oder gehört. Entweder wollen sie uns nichts sagen oder die Tat war wirklich so gut geplant, dass keiner etwas mitbekommen hat. Innerhalb des Burghofes sind fast alle Gebäude unbewohnt und hier außen kann man den Burghof nicht einsehen. Die dicken Mauern schotten den Burghof auch akustisch derart ab, dass kein Laut nach draußen klingt."

„Was wollte die Frau mit dem Rollator von euch?"

„Hör auf", winkte der größere der beiden Polizisten ab. „Die hat uns ihre ganze Lebensgeschichte erzählt. Sie war auch dabei, als 1945, kurz vor Ende des Krieges, die anrückenden Amerikaner mit einer SS-Einheit in ein Gefecht verwickelt wurden und dabei die Burg zerstört wurde."

„Zum Fall konnte sie nichts beitragen?", fragte ich.

„Nein."

„Alles klar, Jungs, dann könnt ihr jetzt eure Zelte hier abbrechen und wieder eurem Dienst nachgehen. Ich erwarte einen Bericht eurer Vernehmungen bis Ende der Woche."

„Herr Kommissar", sagte einer der beiden mürrisch. Er war sichtlich unglücklich darüber, einen Bericht schreiben zu müssen. Müde hob er kurz die Hand, um sich zu verabschieden und marschierte schließlich gefolgt von seinem Kollegen in Richtung Burgtor davon.

Ich stand noch einen Moment da, unschlüssig, was ich jetzt machen sollte, dann wandte auch ich mich wieder dem Burgtor zu und schlurfte unzufrieden zurück. Die beiden Beamten luden gerade die Absperrung in ihren Wagen, stiegen dann ein und verschwanden aus dem Burghof. Aus unserem BMW kräuselten sich kleine Abgaswolken aus dem Auspuff und ich wusste, dass Moni am Steuer saß, sich aufwärmte und auf mich wartete. Ich ließ meinen Blick noch einmal über die Burganlage wandern und stieg dann resigniert ein. Ich hasste das Gefühl, etwas unfertig zurückzulassen, und genau dieses Gefühl hatte ich jetzt. Wir waren in diesem Fall keinen Schritt weitergekommen und hatten, wie beim ersten, nicht den kleinsten Anhaltspunkt, an dem wir unsere Ermittlungen beginnen konnten. Im Wagen war es schön warm und erst jetzt wurde mir bewusst, dass ich eiskalte Hände und Füße hatte.

„Noch etwas gefunden?", fragte mich Moni unbeteiligt und ich schüttelte nur den Kopf.

Wir waren bereits auf dem Weg zurück, als ich nach einem Gedankenblitz mein Handy herauszog. Ich tippte in Google Schmied und Cadolzburg ein.

„Gasthof zur alten Schmiede in Roßendorf", las ich laut den einzigen Treffer vor, der infrage kam.

„Hast du schon wieder Hunger?"

„Nein, ich habe nach einer Schmiede in Cadolzburg gesucht. Dieser alte Amboss scheint mir derzeit der einzige verfolgbare Hinweis zu sein. Und ein Amboss aus dem vierzehnten Jahrhundert, der sollte auch jemandem abgehen."

„Und einen richtigen Schmied oder Hufschmied gibt es nicht?", fragte Moni.

„Nein, der nächste Hufschmied ist in Zirndorf."

„Naja, dann lass uns zu dieser Kneipe fahren. Ein kleiner Hinweis ist besser als gar keiner", sagte meine Partnerin unternehmungslustig.

Zwei Stunden später saßen wir im Büro und betrachteten die beiden Fälle an der Pinnwand. Die Gaststätte war ein Reinfall gewesen. Die hatten zwar einen Amboss, der war aber deutlich jünger und stand auch noch an seinem Platz. Einen Hinweis, wo wir nach einem derart alten Stück suchen sollten, konnten uns die freundlichen Wirtsleute auch nicht geben. Ich hatte die neuen Tatortfotos ausgedruckt und an die Wand gepinnt und starrte jetzt darauf, als könnten sie mir dadurch etwas sagen.

„Bernd, Moni, der Chef will euch sprechen", rief ein Kollege durch das Großraumbüro und ich blickte Moni genervt an.

„Verdammt", sagte sie und erhob sich von ihrem Bürostuhl. Ich hängte mich an ihre Fersen, als sie zielstrebig zum Büro von Günter Lauterbach marschierte.

Günter war ein in die Jahre gekommener Triathlet mit kaum noch Haaren auf dem Kopf, aber einer sehr sportlichen und drahtigen Figur.

„Setzt euch", sagte er befehlsgewohnt und deutete unaufmerksam auf einen Stuhl, der vor seinem Schreibtisch stand. Ich saß schon halb, als mich Moni zornig anblinzelte.

„Bitte", sagte ich galant und bot ihr den Platz an.

„Was gibt es Neues in euren Mordfällen? Braucht ihr Unterstützung?"

Moni setzte ihn ins Bild und berichtete vom heutigen Tatort und unseren wenigen Erkenntnissen.

„Sieht nicht gut aus", resümierte Günter knapp und blickte uns nacheinander musternd an. Es war so, als wolle er abschätzen, ob wir beide das richtige Team für diese Fälle wären.

„Wir brauchen schnellstens das Ergebnis der Obduktion und einen Hinweis auf die Identität des Opfers – vorher kommen wir nicht weiter", sagte meine Partnerin mit einer Selbstsicherheit, die ich im Moment nicht zusammengebracht hätte.

„Braucht ihr Hilfe?", wiederholte unser Chef seine Frage.

„Nein", entgegnete Moni selbstbewusst.

„Also gut, dann mache ich in der Pathologie etwas Dampf, dass ihr bald eure Ergebnisse habt." Er machte eine kurze Pause, um dann fortzufahren: „Ist euch schon einmal der Gedanke gekommen, dass es ein weiteres Opfer, zwischen dem ersten und dem dritten, geben könnte?"

Moni stand mit einem Ruck auf, sodass fast ihr Stuhl nach hinten gekippt wäre, und starrte ihren Boss mit Zornesfalten auf der Stirn an.

„Ist schon gut, Monika – ich dachte ja nur", sagte er entschuldigend, aber ohne den Anschein eines schlechten Gewissens. Ich machte mir inzwischen langsam Sorgen, wie oft Moni wie aus dem Nichts in diese miese Stimmung verfiel und dann stundenlang schlechte Laune verbreitete. Ich hatte sie auch schon als lustige, lebensfrohe Partnerin erlebt und gab nicht nur mir die Schuld an dieser Entwicklung. Was allerdings wirklich in ihr vorging und welche Sorgen sie privat hatte, wusste ich nur ganz vage.

Dauerte die Obduktion und die Auswertung der Laboruntersuchungen normalerweise Tage, so ging es anscheinend durch einen Anruf von Günter deutlich flotter. Noch am gleichen Abend lagen die beiden Akten bei Moni auf dem Tisch. Wir hatten neue Erkenntnisse erwartet, die uns einen Ansatz zum Ermitteln geben würden. Diese Hoffnung wurde jedoch enttäuscht. Dass der Mann ertrunken war, damit hatte ich schon beim Anblick seines Gesichtes gerechnet, und dass auch er vorher mit einer Droge willenlos gemacht wurde, war auch nichts, was uns weiterbrachte. Weder seine Fingerabdrücke noch die Gesichtserkennung brachten hingegen einen Hinweis auf die Identität des Opfers. Eine Vermisstenanzeige, die auf das Opfer zutreffend war, lag uns bis dato auch nicht vor. Der Ehering hatte eine Gravur: Fritz und Lisa, für immer. Allerdings kein Datum. Es brachte uns zwar nicht viel, aber ich griff meinen Edding und schrieb unter das Bild des Toten, Fritz. Das ‚für immer' hatte nicht besonders lang gedauert, dachte ich bei mir und versuchte mir zu verkneifen, die Gefühle der Ehefrau zu erahnen.

Moni klappte die Akte der Obduktion zu und warf sie zornig auf ihren Schreibtisch. Inzwischen war es draußen dunkel und im Büro waren wir die Letzten der Tagschicht. Nachts ging hier alles etwas ruhiger zu. Es war zwar genug Arbeit da, aber die Dunkelheit draußen schien das Leben etwas abzubremsen und ruhiger zu machen. Der Lärm und die Hektik, die tagsüber hier herrschten, wichen einer leisen, stoischen Betriebsamkeit.

„Lass uns Feierabend machen", sagte ich müde und stand auf.

„Ich bleib noch einen Moment", sagte Moni und lächelte mir aufmunternd zu.

„Soll ich auch bleiben?"

„Nein, verkrümel dich, ich geh auch gleich."

Ich strich ihr über die Schulter, nahm meine Jacke vom Stuhl und ging. Schon am Weg in die Tiefgarage merkte ich, wie sich die Müdigkeit in meine Knochen schob. Mein Rücken tat weh und ich konnte kaum die Augen offen halten. Ich saß bereits in meinem Wagen, als ich eine WhatsApp-Nachricht bekam.

„Was geht, Alda?", stand da und der Absender war mein bester Freund Philipp.

„Ich bin platt, heute nicht", tippte ich schweren Herzens in mein Handy und schickte die Nachricht ab.

„Ich sitze beim Kemal und der Topf riecht verdammt lecker", kam als Antwort zurück.

„Bin gleich da", schrieb ich und wusste nicht, ob ich mich ärgern oder freuen sollte. „Schlafen wird überbewertet", dachte ich noch und startete mein Auto.

Als ich am nächsten Tag nur leicht verspätet im Büro eintraf, lag eine Tageszeitung auf meinem Schreibtisch. Die Schlagzeile sprang mir förmlich ins Gesicht:

SERIENMORD IN CADOLZBURG, IST DER GREHIEDL WIEDER ERWACHT?

Ich nahm die Zeitung zur Hand, ließ mich auf meinen Bürostuhl sinken und blickte kurz in die Runde. Moni war nirgends zu sehen und so begann ich zu lesen. Die beiden Reporter waren anscheinend bei ihren Recherchen sehr gründlich. Es wurden die einzelnen Erbauer und Bewohner der Burg aufgezählt und kurz beleuchtet. Dass es Hohenzollern waren, wusste ich bis dato nicht. Die Vernichtung der Burg mit ihren Ungereimtheiten am Ende des Zweiten Weltkrieges wurde dargestellt und ein angeblicher Henker mit dem Spitznamen Grehiedl, der in der Burgmauer eingemauert worden sein soll. Der hieß mit bürgerlichem Namen Concz Pawrenfeint und hatte früher mit seinen grausigen Taten Land und Leute in Angst und Schrecken versetzt.

Ein relativ großformatiges Foto vom Gesicht unseres Toten bestätigte mir wieder, dass man mit der heutigen Technik nicht mehr nah heran musste, um ein gestochen scharfes Bild zu bekommen. Das Foto sah zwar nicht ganz so schrecklich aus wie das Original gestern, aber es reichte immer noch, um mir wieder eine Gänsehaut zu bescheren.

„Da haben wir den Salat, der Grehiedl war es." Monis Stimme ließ mich aufschrecken.

„Dann ist der Fall ja gelöst", antwortete ich und faltete die Zeitung wieder zusammen. Ich tippte auf meinem PC Grehiedl in Google ein und wartete einen Moment, bis ein Treffer angezeigt wurde. Tatsächlich konnte ich dann unter der Überschrift Cadolzburg einen kleinen Bericht finden, der den Inhalt des Zeitungsausschnittes bestätigte.

Das Klingeln von Monis Festnetzapparat riss mich aus meinen Gedanken.

„Monika Fröhlich", meldete sie sich freundlich und lauschte dann aufmerksam. Erst verschwand ihr Lächeln und dann traten die beiden Sorgenfalten zwischen ihren Augenbrauen hervor. Sie setzte sich schwer auf ihren Bürostuhl.

„Das tut mir leid, Frau Hübner", sagte sie mit ehrlichem Mitgefühl in der Stimme. Mir gab sie ein Zeichen, dass ich mitschreiben sollte. Ich kritzelte Hübner auf meine Schreibtischunterlage und wartete.

„Dürfen wir bei Ihnen vorbeikommen, Frau Hübner? Wir hätten da einige Fragen an Sie."

Anscheinend stimmte die Frau zu und ich schrieb die Adresse mit, die Moni am Telefon wiederholte.

„Lisa Hübner, Bauhofstraße drei, in Cadolzburg", sagte ich zu Moni, als sie den Hörer aufgelegt hatte.

„Sie hat das Bild in der Zeitung erkannt", entgegnete mir Moni mit einem hörbaren Kloß im Hals. Auch ich hatte eine Gänsehaut, wenn ich an das entstellte Gesicht des Opfers dachte.

Während Moni wieder aufstand und mit dem Edding an unserer Pinnwand Hübner neben Fritz schrieb, gab ich den Namen in unseren Fahndungscomputer ein. Die Auskunft „Kein Treffer" machte mich stutzig. Als ich jedoch Lisa Hübner, Cadolzburg eingab, wurde mir alles klar und machte mich gleichzeitig zornig auf den Täter, wer auch immer er war. Klar war mir jetzt, dass dieser Fritz Friedrich hieß, und zornig wurde ich, weil anscheinend noch zwei kleine Kinder zu dieser Familie gehörten, denen der Täter den Vater genommen hatte. Ich stand auf, nahm den Edding und schrieb neben Fritz den Namen Friedrich an die Pinnwand.

Eine Stunde später saßen wir in einem toll eingerichteten Wohnzimmer in einem fast neuen Haus.

Ich kannte das Gefühl zwar schon, aber es war immer wieder fast unerträglich, den Angehörigen von Todesfällen gegenüber zu sitzen. Noch dazu musste man den Menschen in ihrem Schmerz auch noch Fragen stellen, die sie in diesem Moment nicht hören wollten. Lisa Hübner war eine hübsche Frau mit blonden, schulterlangen Haaren, einer sportlichen Figur und ungewöhnlich grünen Augen. Die waren jetzt jedoch vom Weinen ziemlich verquollen und auch Nase und Wangen waren rot und in Mitleidenschaft gezogen. Moni und ich hatten beide schon an der Haustüre kondoliert und waren insgeheim froh, dass die kleine Tochter im Kindergarten und der etwas ältere Junge in der Schule war. Über der Frau stürzte gerade mit dem Tod ihres Mannes das Kartenhaus der heilen Welt zusammen. Die Kinder, das neue Haus, ein riesiger Berg an Schulden und natürlich die große Liebe ihres Lebens.

„Können Sie uns sagen, wann Sie Ihren Mann zuletzt gesehen haben?", fragte Moni leise.

Ich hatte jedoch den Eindruck, dass Frau Hübner Moni in dem Moment gar nicht wahrnahm. Ihr starrer Blick ging förmlich durch meine Partnerin hindurch und zeigte nur Leere.

„Frau Hübner", sagte ich etwas lauter und ihr Kopf ruckte zu mir herum. „Wann haben Sie Ihren Mann zuletzt gesehen?"

Sie rieb sich zum wiederholten Male ihre Augen mit dem Handrücken aus und blickte mich dann nachdenklich an.

„Vorgestern", sagte sie stockend. „Wir haben zusammen mit den Kindern gefrühstückt." Wieder schossen ihr Tränen in die Augen und liefen als große Tropfen über ihre Wangen. Sie schluchzte und zog ihre Nase hoch. „Danach ging er zur Arbeit. Ich war abends noch mit den Kindern bei meinen Eltern, als er anscheinend nach Hause kam. Als ich mit den Kindern gegen sieben zurück war, war er jedoch nicht mehr da. Nur sein Arbeitskoffer und sein Anzug."

„Was arbeitet Ihr Mann", fragte ich schnell, um weiter ihre Aufmerksamkeit zu haben.

„Er ist im Außendienst und verkauft Fenster und Türen. Er kommt aber jeden Tag nach Hause, um die Kinder zu sehen. Warum er noch einmal wegging, weiß ich nicht. Seine Jacken, sein Hausschlüssel und auch sein Handy waren hier, als ich mit den Kindern nach Hause kam."

„Hatten Sie vielleicht Streit an diesem Tag?", fragte Moni und erntete einen halb zornigen und halb ungläubigen Blick der Hausfrau.

„Wir hatten keinen Streit – und ich hatte keine Affäre – und mein Mann auch nicht. Unser Leben lief super und mehr kann ich Ihnen nicht sagen." Bei diesen Worten war sie deutlich lauter geworden und schaute Moni fast streitsüchtig an.

„Warum haben Sie Ihren Mann nicht als vermisst gemeldet?", fragte ich neugierig, um sie etwas von meiner Partnerin abzulenken.

Jetzt war ich es, dem sie einen zornigen Blick zuwarf.

„Mein Mann ist kein kleines Kind", entgegnete sie resolut. „Ich habe mir erst wirklich Sorgen gemacht, als er die ganze Nacht wegblieb. Morgens hatte ich dann wieder Stress mit den Kindern und bin danach in die Arbeit gefahren. An diesem Tag musste ich zu einem Meeting in unsere Firmenzentrale nach Köln fliegen und es war ausgemacht, dass meine Schwiegereltern die Kinder von der Schule und dem Kindergarten abholen. Dort sollten sie auch übernachten, weil mein Rückflug erst um elf Uhr nachts von Köln abging. Als ich gegen drei Uhr hier eintraf, war das Haus leer und ich fiel todmüde in mein Bett. Als ich morgens die Zeitung aufschlug", sie stockte kurz, um einmal tief Luft zu holen, „starrte mich auf der Titelseite mein Mann mit einem Gesichtsausdruck an, den ich noch nie bei ihm gesehen habe. So viel Angst und Panik lag in diesem Ausdruck, dass ich erst gezweifelt hatte, ob er es wirklich ist."

Ich dachte, sie macht eine Pause bei ihrer Erzählung, als sie jedoch nicht fortfuhr und sich ihr Gesicht wieder zu einem Weinanfall verzog, fragte ich noch fast etwas beiläufig: „Kannte ihr Mann Waffenhändler Konrad Meierle?"

Sie blickte nur kurz in meine Richtung, senkte den Kopf und brachte nur ein geschluchztes Nein zustande. Dann brachen wieder alle Dämme und ihre mühsam aufrechterhaltene Beherrschung. Sie schlug die Hände vors Gesicht und begann aus tiefstem Herzen zu weinen.

Ich hätte sie am liebsten in den Arm genommen und getröstet, aber vor einer derart menschlichen Regung hatte uns der Ausbilder in der Polizeischule immer gewarnt. Ich schaute kurz zu Moni, um ihr zu signalisieren, dass wir jetzt gehen sollten. Sie war aber anscheinend zu dem gleichen Schluss gekommen und stand bereits auf.

„Frau Hübner, wir gehen dann jetzt. Sollten Sie noch Fragen haben, oder sollte Ihnen noch etwas einfallen, dann können Sie uns gerne anrufen", sagte sie und legte eine ihrer Visitenkarten auf den Couchtisch. „Wir finden selbst hinaus", sagte ich leise und ging hinter Moni her in Richtung Haustüre. Das miese Gefühl, diese Frau mit ihrem Leid völlig alleine in diesem Haus zu lassen, nagte in mir und bereitete mir fast Übelkeit.

Als wir das Haus verlassen hatten, sorgte die kalte Winterluft jedoch dafür, dass meine Beklemmung schnell wich und der Fall sich wieder mit Macht in den Vordergrund meiner Gedanken drängte. Moni hatte die Wagentür schon offen, als mir spontan in den Sinn kam, die Nachbarn zu befragen, ob sie zu dem fraglichen Zeitpunkt irgendetwas mitbekommen hatten. Ich machte Moni den Vorschlag und erntete ein zustimmendes Nicken. Die Autotür flog wieder zu und wir gingen beide über die Straße zu dem Haus gegenüber. Ein zweistöckiges Wohnhaus mit einem zu Tode gestrichenen Jägerzaun. Moni klingelte an der unteren Glocke und strich sich dann eine widerspenstige Strähne ihrer blonden Haare aus dem Gesicht. Ich stand noch hinter ihr am Gartentor und musste wieder einmal feststellen, dass ich eine ausgesprochen hübsche Partnerin hatte und noch dazu eine ausgesprochen intelligente. Ihre schulterlangen Haare waren wie immer im Dienst zu einem Pferdeschwanz zusammengefasst und ihre weite Jacke mit dem Fellkragen verbarg nicht ihre knackige Figur. Die wenigen Sommersprossen auf ihrer Nase waren sehr charmant und die beiden Grübchen in ihren Wangen sah man nur, wenn sie lachte, was meiner Meinung nach viel zu selten passierte.

Als endlich die Tür geöffnet wurde, riss ich meinen Blick von ihr los und ging in Richtung Haustüre. Ein älteres Ehepaar stand im Eingang und schaute uns misstrauisch entgegen. Moni zeigte ihren Ausweis und stellte uns vor.

„Ich hab's dir doch gleich gesagt – dass er das ist", sagte die Frau mit einer resoluten Stimme, die keine Widerrede zuließ. Der Mann zuckte förmlich unter dieser Stimme zusammen und zog fast schon ängstlich seinen Kopf ein.

„Wer ist was?", fragte Moni, erstaunt über die Reaktion der Frau.

„Na der Tote in der Zeitung, den den der Grehiedl sich geholt hat", entgegnete sie selbstbewusst. „Das ist doch der Neue von gegenüber." Ein kleiner Moment verging, dann beugte sich die Frau vor und flüsterte zu Moni: „Wir haben schon immer gewusst, dass da etwas nicht stimmt. Wie soll sich so ein junger Schnösel auch sonst so ein teures Haus leisten können. Vielleicht steckt ja auch die Mafia dahinter und die hat ihn jetzt um die Ecke gebracht. Oder die Russen – ich habe gelesen, dass die Russen auf dem Vormarsch sind und hier alles übernehmen wollen. Ich habe es schon immer gesagt, wenn man sich mit den Russen

einlässt, dann endet man früher oder später in einem Betonfundament – oder Männe? Das habe ich doch schon immer gesagt?"
Ihr Mann verzog keine Miene und nickte nur ergeben mit dem Kopf.

Moni warf mir einen kurzen Blick zu, der wahrscheinlich bedeuten sollte „Super Idee, die Nachbarn zu befragen" und wandte sich dann wieder der Frau zu.

„Frau", sie blickte kurz auf das Klingelschild. „Frau Köster, haben Sie oder Ihr Mann gestern Abend vor dem Haus der Familie Hübner etwas Verdächtiges bemerkt?"

„Nein", sagte die Angesprochene sofort, für meinen Geschmack etwas zu schnell und überzeugt. „Die Frau war mit den Kindern den ganzen Tag nicht zu Hause und der Mann ist abends, gegen halb sechs nach Hause gekommen. Er war wie immer sehr schick angezogen. Ein dunkelblauer Anzug, ein weißes Hemd und eine grässliche Krawatte. Ich habe dir noch gesagt, dass die Krawatte gar nicht geht, oder Männe? Naja, ist ja auch egal – ich finde, dass eine Frau schon zu Hause sein sollte, wenn der Mann von der Arbeit kommt – und was ist mit Abendessen? Der arme Mann schuftet den ganzen Tag und hat bestimmt Hunger, wenn er nach Hause kommt."

Ich nutzte eine kleine Atempause, um der Frau in ihren Wortschwall zu grätschen: „Frau Köster, haben Sie gesehen, dass Herr Huber noch einmal wegging oder jemand zu Besuch kam?"

Sie überlegte nur einen Atemzug lang, dann plapperte sie wieder los. Ich hasste Leute, bei denen jeder Gedanke, der durch ihren Kopf geistert, sofort ungefiltert auf der Zunge landete. Und ich hatte Mitleid mit deren Lebenspartnern, auch wenn sie sich den Laabersack ja selbst ausgesucht hatten.

„Da war noch ein Wagen, der vor dem Haus anhielt - die Einfahrt vor dem Haus ist ja mit altem Kopfsteinpflaster belegt – wie soll der arme Mann da im Winter ordentlich Schnee schippen, und wenn die Frau mal hochhakige Schuhe anhat, dann kann man da doch kaum laufen – sie hat oft hochhakige Schuhe an – sie ist ja auch eine hübsche Frau, die kann so etwas tragen – unsereins hat lieber bequeme Schuhe an – obwohl, als ich noch jünger war, hatte ich auch solche Schuhe. – Das war ein Lockenkopf – ein weißes Auto, oder eher beige – auf jedem Fall hell. Der Mann hat geklingelt und ging dann rein – wir waren gestern ja bei Hilde zum Geburtstag eingeladen – es war noch nicht einmal ein runder, aber die hat genug Geld, um jeden Geburtstag zu feiern. Auf jeden Fall war der Wagen weg, als wir wieder nach Hause kamen."

Sie holte gerade tief Luft, um fortzufahren, als Moni fragte: „Können Sie den Mann beschreiben, Frau Köster?"

Die Grauhaarige blickte etwas verdutzt. Dass ihr jemand ins Wort fiel, kam wahrscheinlich nicht oft vor und in Gedanken war sie eigentlich noch beim Geburtstag von Hilde.

„Locken", sagte sie und schien dann zu überlegen. „Eher dunkle Haare, vielleicht eins achtzig groß, schlank und er hatte Handschuhe an – es war kalt – aber, wenn es der Mörder war und Fingerabdrücke vermeiden wollte – war das der Mörder?"

„Und der Wagen?", beantwortete Moni die Frage mit einer Gegenfrage. „Wissen Sie das Kennzeichen oder die Marke und das Modell?"

„Sag du doch auch mal was!", schnauzte sie ihren Mann an und zog ihn am Arm hinter sich vor.

„Der Wagen war hell und hatte Vorhänge." „Genau, das war so ein Wagen zum Schlafen", fuhr sie ihm ins Wort.

„Ein Wohnmobil?", fragte ich nach.

„Sag ich doch, so ein Wohnmobil – ich möchte in so einem Ding nicht schlafen – bei der Hitze, und wenn alles so eng ist."

„Haben Sie das Kennzeichen gesehen?", fragte Moni interessiert.

„Nein, aber es hatte hinten eine Leiter – das Wohnmobil, meine ich", sagte der Mann und schaute seine Frau um Zustimmung bittend an.

Inzwischen hatte ich das Gefühl, in diesem Fall zum ersten Mal einen kleinen Schritt vorwärtsgekommen zu sein. Dass dieses Ehepaar noch weitere wichtige Informationen hatte, glaubte ich indes nicht.

„Sie haben uns sehr geholfen", sagte ich deshalb freundlich und legte Moni meine Hand auf die Schulter. Ich wollte gerade in meine Jackentasche greifen, um eine Visitenkarte herauszuholen, verkniff es mir dann aber gerade noch rechtzeitig.

Moni und ich waren uns einig, dass wir von anderen Nachbarn kaum noch mehr Informationen erhalten würden, und gingen zum Wagen.

„Lass uns noch einmal zum Tatort fahren", sagte ich auf einen spontanen Einfall hin.

„Was ist los?", fragte meine Partnerin.

„Ich habe mir gerade Gedanken gemacht, wie wohl das Wasser in die Pferdeschwemme kam, und möchte jetzt nachsehen, ob im Burghof vielleicht ein Hydrant ist. Mit einem Feuerwehrschlauch aus einem Hydranten könnte die Pferdeschwemme relativ schnell gefüllt werden."

„Gute Idee. Dann könnte unser Täter vielleicht sogar bei der hiesigen Feuerwehr zu finden sein."

„Lockiger Feuerwehrmann mit Wohnmobil", sinnierte ich, fand aber sofort, dass das zu einfach klang.

Kurz darauf stand unser Wagen wieder im Burghof. Zwei Pärchen gingen hier spazieren und betrachteten uns argwöhnisch, als wir ankamen. Moni und ich teilten uns auf und schlenderten suchend über den Hof. Nach dem ersten Rundblick war klar, dass es keinen Überflurhydranten im Burghof gab. Die Unterflurhydranten mit ihren ovalen Stahldeckeln waren aber nicht einfach zu finden, dachte ich. Es dauerte jedoch nur Minuten, dann hatten wir sogar drei gefunden. Der nächste zur Pferdeschwemme war direkt am Bauzaun. Ich kniete mich hin und untersuchte den Stahldeckel. Inzwischen stand Moni neben mir und betrachtete meine Bemühungen kommentarlos. Ich zog mein Taschenmesser aus meiner Hose und untersuchte den Spalt zwischen Deckel und Rand.

„Siehst du, was ich sehe?", fragte ich meine Partnerin.

„Was?"

„Der Deckel war vor Kurzem offen und danach hat jemand Sand und feinen Schotter von der Baustelle darübergestreut, um es zu vertuschen."

Ich setzte das Messer am Rand an und hebelte den Deckel ohne große Mühe heraus. Als ich in dem kleinen Schacht darunter das Wasser stehen sah, war alles klar.

„So hat er es gemacht", sagte ich zufrieden und stand auf.

„Und wenn die Leute von der Baustelle hier Wasser abgezapft haben?", fragte Moni mit leichtem Zweifel in der Stimme.

„Dann stünde hier noch ein Standrohr mit Wasseruhr", entgegnete ich selbstsicher. „Wir suchen einen Feuerwehrmann mit dunklen Locken und einem Wohnmobil."

Ein Laie konnte ohne das entsprechende Equipment kein Wasser aus diesem Hydranten bekommen, das wusste ich.

„Brunnenstraße 1", sagte ich zu Moni, als wir wieder im Wagen saßen und ich die Adresse der Feuerwehr in meinem Handy herausgesucht hatte. „Wir müssen links die Hauptstraße hinunter und dort, wo es rechts nach Wachendorf geht, links abbiegen."

Ein paar Augenblicke später fuhr Moni auf den Hof der Feuerwehr. Auf den ersten Blick lag das ganze Gelände völlig verlassen vor uns. Hinter großen, durchsichtigen Segmenttoren konnte man verschwommen die Einsatzfahrzeuge wahrnehmen und rechts daneben war anscheinend der Eingang zur Leitzentrale.

„Anscheinend keine Berufsfeuerwehr", stellte Moni fest und stieg aus. Ich gab ihr insgeheim recht und hoffte trotzdem auf zumindest einen der Feuerwehrleute zu treffen.

Die Eingangstür war verschlossen und ich befürchtete schon, dass meine Hoffnung enttäuscht würde. Moni drückte auf den Klingelknopf und ein markerschütterndes Geräusch wie ein altertümliches Telefon drang aus allen Ecken des großen Gebäudes.

„Uups", sagte Moni und grinste mich schelmisch an.

„Gott sei Dank", dachte ich, als der Türsummer ertönte und Moni die Glastür zu dem weißen Anbau aufstieß.

Ein Mann, vielleicht Mitte dreißig, trat uns entgegen und zeigte ein misstrauisches Gesicht. Seine glatten, zu einem Pferde-

schwanz zusammengefassten Haare und sein zerzauster Kinn-
bart sprachen dafür, dass er nicht zum engeren Täterkreis von
Frau Köster zählte.

Moni übernahm wieder das Vorstellen und der Mann mit dem
grundsätzlich schon hellen Hauttyp wurde noch eine Nuance
blasser.

„Sind Sie alleine hier?", fragte ich. „Oder ist der Kommandant
auch zu sprechen?"

„Tagsüber bin ich alleine, erst gegen Abend kommen die Kollegen von der Arbeit. Ich weiß allerdings nicht auswendig, ob
der Kommandant heute kommt. Wenn Sie möchten, kann ich
jedoch am Dienstplan nachsehen."

Er wollte sich schon abwenden, als Moni fragte: „Können sich
Mitglieder der Wache auch Material für private Zwecke ausleihen? Wie zum Beispiel ein Standrohr für einen Unterflurhydranten und die passenden Schlüssel dazu oder einen Feuerwehrschlauch?"

Der Mann blickte uns an, als hätte er etwas verbrochen und
wäre gerade ertappt worden.

„Wir können uns schon Sachen ausleihen – aber ein Standrohr
und Schläuche, glaube ich eher nicht." Unsicherheit schwang in
seiner Stimme mit und er kratzte sich verlegen an seinem Bart.

„Dann zeigen Sie uns bitte jetzt den Dienstplan von heute und
den letzten beiden Tagen", sagte ich und schenkte ihm ein zu-
friedenes Lächeln. In meinem Innern hatte ich jedoch schon ent-
schieden, dass der Typ Dreck am Stecken hatte.

Wir durchquerten den Empfangsraum, folgten dem Mann
durch einen Korridor und traten dann hinter ihm in eine Art
Gemeinschaftsraum. Solide Holztische mit Wirtshausstühlen
standen ordentlich im Raum und an der Wand gegenüber dem
Fenster hingen Dutzende von Bildern und ein großer Plan mit
Namen und verschiedenfarbigen Eintragungen.

„Das ist der Dienstplan", sagte der Blonde und deutete darauf.
Er trat heran und legte den Zeigefinger auf den obersten Namen
der Liste und fuhr dann nach rechts bis zum heutigen Datum.

„Der Chef – ich meine der Kommandant kommt heute und war auch gestern und vorgestern da."

Moni war inzwischen an die Bildergalerie herangetreten und begutachtete sie interessiert. Sie zeigten Bilder von Einsätzen bei Bränden oder bei Autounfällen, manche auch Szenen von Übungen oder Festen. Auf einem war anscheinend die komplette Wache im Hof vor einem Leiterauto angetreten. Mit ihren Uniformen sahen alle fast gleich aus, erst beim näheren Hinsehen kamen die Unterschiede zum Vorschein. Da alle ohne Helm abgebildet waren, konnte Moni sofort diejenigen mit dunklen Locken herausfiltern.

„Sind das alle Mitglieder eurer Wache?", fragte sie.

„Ja, aber das Bild ist schon älter und ich bin noch nicht drauf."

„Wer ist der da auf der rechten Seite mit den dunklen Locken?" Moni deutete auf einen Mann, auf den Frau Kösters Beschreibung zutreffen konnte.

„Das ist Kommandant Rückert. Er war damals noch nicht unser Chef. Er ist der Nachfolger von Kommandant Beringer." Der Blonde deutete auf einen älteren untersetzten Mann auf der linken Seite des Bildes.

„Hat dieser Herr Rückert ein Wohnmobil?", hakte Moni nach.

Der Blonde starrte sie an, als sähe er sie gerade zum ersten Mal.

„Was?" Er stockte. „Warum wollen Sie das wissen? Ich weiß es ehrlich gesagt nicht, da müssen Sie ihn schon selbst fragen." Unsicher verschränkte er beide Arme vor der schmalen Brust.

„Wann kommt er?"

„Ich nehme an gegen sechs."

Ich schaute auf mein Handy und sagte: „Wir kommen dann noch einmal."

„Wo sind denn die nassen Schläuche und die anderen Ausrüstungsgegenstände zum Trocknen aufgehängt?", fragte Moni, obwohl ich mich schon zum Gehen abgewandt hatte. Ich blieb stehen und drehte mich wieder erwartungsvoll um. „Gute Idee", dachte ich und nickte Moni anerkennend zu.

„Die sind normalerweise im Trockenturm. Momentan ist der aber leer, wir hatten schon lange keinen Einsatz mehr mit den Löschfahrzeugen."

„Können wir den Turm mal sehen?", fragte ich und meinte es eher als Aufforderung, nicht als Frage.

„Ich weiß nicht", druckste der Feuerwehrmann herum.

„Aber ich weiß es", sagte Moni barsch und schob den Blonden in Richtung der Tür, zu der wir auch hereingekommen waren. Minuten später standen wir in einem Raum, der wahrlich kein Turm, aber doch relativ hoch war. An den Wänden und der Decke waren Gestelle und große Haken angebracht, deren wirklicher Sinn uns verborgen blieb, aber eins sahen wir auf den ersten Blick: Es war nicht der kleinste Ausrüstungsgegenstand hier, um zu trocknen.

Minuten später saßen wir wieder unverrichteter Dinge im Auto.

„Wollen wir noch einmal ins Präsidium fahren oder bleiben wir hier bis um sechs?", fragte mich Moni.

„Keine Ahnung, ich bin ziemlich platt und habe Hunger."

Sie fuhr den Berg hinunter, vor dem wir normalerweise immer rechts abgebogen waren.

„Neuer Weg?", fragte ich neugierig.

„Lass dich überraschen."

Fünf Minuten später trat sie auf die Bremse und bog in eine kleine Einfahrt zu einer Gärtnerei ab.

„Was sollen wir hier?"

„Essen", antwortete sie und stellte den Motor ab. Ich stieg aus und stellte fest, dass das gläserne Gewächshaus eine umgebaute Gaststätte war, die treffend „Gwäxhaus" hieß.

„Ich komm immer mehr zu dem Schluss, dass die Opfer völlig willkürlich ausgesucht wurden. Beide haben nichts gemein und scheinen völlig unbescholten zu sein", sagte ich, als wir nach dem leckeren Essen noch eine Tasse Kaffee genossen. Ich denke, dass der Mörder, aus welchem Grund auch immer, auf irgendetwas aufmerksam machen will."

„Die Frage ist nur: War es das mit den beiden Toten? Das heißt, vielleicht waren es ja auch drei; und Nummer zwei haben wir noch nicht entdeckt", sagte meine Partnerin. Sie hielt die Kaffeetasse mit beiden Händen vor sich, als wollte sie sich daran wärmen.

„Ich glaube, der Schlüssel ist die Burg, vielleicht sollten wir uns die mal aus der Nähe ansehen."

Mein Vorschlag entlockte Moni nur ein unsicheres Schulterzucken.

„Die Burg ist eine einzige Baustelle. Mich würde zwar das Innere schon mal interessieren, aber weiter bringt uns eine Besichtigung wahrscheinlich nicht."

Es war kurz vor sechs Uhr, als wir wieder auf den Hof der Feuerwehr fuhren. Im Gegensatz zu unserem letzten Besuch war jetzt richtig was los. Ein Dutzend Autos standen herum, die Tore der Maschinenhallen waren offen und zwei der Fahrzeuge standen herausgefahren davor. Männer in ihren Einsatzanzügen, aber auch Zivilisten gingen ihren Arbeiten nach und blickten neugierig, als Moni und ich die Wagentüren öffneten und ausstiegen.

„Typisch Bauernkaff", dachte ich mir und antwortete auf die misstrauischen Blicke der Leute mit einem gewinnenden Lächeln.

„Frank Rückert, ich bin der Kommandant, kann ich Ihnen helfen?" Die Stimme war befehlsgewohnt und fast schneidend. Sie ließ mich etwas erschrocken herumfahren. Vor mir stand der Mann vom Bild aus dem Aufenthaltsraum. Er hatte eine Einsatzhose an, aber oben nur ein blaues Sweatshirt mit Aufdruck Freiwillige Feuerwehr Cadolzburg. Die Ärmel waren trotz der Kälte hochgekrempelt und ließen den Blick auf extrem behaarte, braun gebrannte Unterarme frei. Sein Gesichtsausdruck war mürrisch und seine dunklen Locken zeigten an den Schläfen erste graue Strähnchen.

Ich stellte Moni und mich vor und ergriff die Hand des Kommandanten, die von der Größe her eher einem Klodeckel glich.

„Was führt Sie her? Mein Kollege hat schon gesagt, dass Sie da waren."

„Es geht um die beiden Mordfälle, die sich hier in letzter Zeit ereignet haben", sagte ich und beobachtete seine Miene genau. Es war aber weder Überraschung noch Angst darin zu sehen.

„Was hat das mit der Feuerwehr zu tun?"

„Gestern wurde ein Mann in der Pferdeschwemme im Vorhof der Burg ertränkt. Dazu hat jemand das Becken mit Wasser aus einem Hydranten aufgefüllt."

„O.k.", sagte der Kommandant und machte jetzt doch einen überraschten Eindruck.

„Zeugen haben im Vorfeld einen eins achtzig großen Mann mit dunklen Locken gesehen", erklärte Moni, und jetzt war es Unglaube, der im Gesicht von Frank Rückert geschrieben stand.

„Sie verdächtigen mich?"

„Wir verdächtigen niemanden, wir gehen nur Hinweisen nach. Ihren Kollegen haben wir schon gefragt, ob sich Mitglieder der Wache für private Zwecke auch Ausrüstungsgegenstände ausleihen können. Er konnte uns diese Frage nicht wirklich sicher beantworten."

„Mit privaten Zwecken meinen Sie Mord?" Das Gesicht des Kommandanten verzog sich zu einer Maske aus Zorn und Abschätzung.

„Ist es möglich, sich ein Standrohr für einen Hydranten und einen passenden Schlauch auszuleihen? Und um die Frage zu vervollständigen, wurde so etwas gestern ausgeliehen?"

Ohne mir eine Antwort auf meine Fragen zu geben, sagte er: „Sie wissen schon, dass diese Ausrüstung auch beim Bauhof oder beim THW oder sonstigen Einrichtungen zu finden ist?"

„Wir stehen jetzt vor Ihnen und wollen eine Antwort", sagte Moni nachdrücklich.

„Meine Männer bekommen alles von mir. Das sind alles Leute, die unentgeltlich ihre Freizeit opfern und ihr Leben aufs Spiel setzen, um bei Tag und Nacht für Leute wie Sie im Notfall da zu sein. Und nein, gestern wurde nichts ausgeliehen, mit dem diese Gräueltat hätte ausgeführt werden können." Er hatte sich etwas in Rage geredet und war jetzt reif für die Frage: „Wo waren Sie heute Nacht, Herr Rückert?"

Er starrte mich an, und es war das erste Mal, dass er ein feines, fast verschmitzt wirkendes Lächeln zeigte.

„Ich war in meinem Bett und habe geschlafen – und zwar alleine. So ein Tag ist verdammt lang, wenn man nach seinem Job noch einige Stunden hier verbringt, das können Sie mir glauben. Um danach einen Mord zu planen, bleibt leider keine Zeit mehr. Und wenn Sie mich jetzt entschuldigen, ich habe noch zu tun."

Er war schon dabei, wegzugehen, als ich ihm nachrief: „Haben Sie ein Wohnmobil?"

Er blieb stehen und drehte sich langsam zu uns um.

„Um darin die Leichen zu zerteilen? – Nein, ich habe kein Wohnmobil!"

Mit diesen Worten ließ er uns dann etwas konsterniert stehen. Inzwischen war die Sonne untergegangen und es war auch wieder deutlich frischer geworden. Die Aktivitäten am Feuerwehrhof ließen langsam nach und ich konnte keinen dunklen Lockenkopf mehr ausmachen. Nachdem unsere Dienstzeit auch schon deutlich überschritten war, stiegen wir in den Wagen und machten uns auf den Weg zurück ins Präsidium.

Ich war hin- und hergerissen bezüglich der Einschätzung des Kommandanten. Auf der einen Seite machte er einen seriösen und ehrlichen Eindruck, auf der anderen traute ich ihm auch zu, uns gekonnt etwas vorzuspielen. Auf der Rückfahrt ins Präsidium tauschten Moni und ich noch einmal unsere Meinungen über den Fall und unsere Verdächtigen aus und schrieben, als wir da waren, unsere Gedanken und Erkenntnisse an die Pinnwand. Moni war dann schnell verschwunden, sie hatte noch eine Verabredung und war dafür ganz schön spät dran.

Ich saß noch einen Moment da, die Füße auf dem Schreibtisch und betrachtete die Pinnwand sorgfältig.

Ich hörte ihn gar nicht kommen, aber plötzlich stand Günter neben mir und fragte: „Und wie kommt ihr voran, Bernd?"

Ich schwang meinen Bürostuhl herum und die Füße vom Tisch.

„Hallo, Günter, du bist auch noch hier? – Das zweite Opfer wurde wahrscheinlich von zu Hause entführt. Wir haben Hinweise auf ein Wohnmobil und einen großen Mann mit dunklen Locken. Die Pferdeschwemme, in der er ertränkt wurde, ist mit Wasser aus einem Hydranten geflutet worden. Dazu waren wir bei der Feuerwehr und haben uns dort umgesehen und auch mit dem Kommandanten gesprochen."

„Was ist mit dem ersten Mord?"

„Nada, absolut nichts. Wir müssen uns auf die Hinweise aus dem zweiten Mord konzentrieren, beim ersten gibt es nicht den kleinsten Ansatzpunkt mehr."

„Braucht ihr Hilfe?"

„Nein, es läuft, Günter. Wenn wir Hilfe brauchen, dann melden wir uns."

„Sicher?"

„Ganz sicher", sagte ich zuversichtlich, ohne es aber wirklich zu sein.

Später lag ich zu Hause auf meiner Couch und ließ mich vom Fernsehprogramm berieseln. Wie noch bei keinem meiner Fälle vorher ging mir das Schicksal der Frau mit den beiden Kindern fürchterlich auf die Nieren. Immer wieder ertappte ich mich dabei, wie ich an sie dachte und wie ich mir vorzustellen versuchte, was sie gerade durchlitt. Wie bringt man seinen kleinen Kindern bei, dass ihr Vater tot war und nie wieder nach Hause kam? Wie ging das Leben überhaupt weiter nach so einem Schicksalsschlag? Ich konnte es mir tatsächlich nicht vorstellen. Ich hatte zwar schon die eine oder andere Beziehung, die aus verschiedensten Gründen nicht funktioniert hatten, aber einen geliebten Menschen durch einen Mord zu verlieren, das war noch eine ganz andere Hausnummer.

„Und wenn sie es selbst war?" Ich wollte den Gedanken erst gar nicht zulassen und hasste mich später dafür, dass er trotzdem gewann. Etwas seltsam war es schon, dass sie ihren Mann nicht vermisst gemeldet hatte. Vielleicht war die Beziehung ja gar nicht so rosig und er war öfters mal über Nacht weg. Was natürlich, falls eine andere Frau dahintersteckte, durchaus ein Motiv sein könnte. Oder sie hatte einen Lover. Einen großen dunkelhaarigen mit Locken und Wohnmobil, in dem sie sich heimlich mit ihm traf. Und um den Weg frei zu machen, hat er den Ehemann umgebracht. Der tote Waffenhändler war in diesem Fall nur ein Ablenkungsmanöver, um uns auf eine falsche Fährte zu locken.

Am liebsten wäre ich sofort ins Auto gesprungen und nach Cadolzburg gefahren, um die Frau mit diesen Mutmaßungen zu konfrontieren. Es war aber bereits ein Uhr nachts und nicht mehr die Zeit, um hübsche Frauen zu wecken.

Du bist bescheuert, dachte ich bei mir, als mir selbst klar wurde, dass mich nicht der Fall oder meine wilden Theorien nach Cadolzburg zogen, sondern die Frau und ihr Schmerz.

Die beiden ersten Morde liefen ab wie geplant und das dritte Opfer hatte sich der Mörder auch schon ausgesucht. Die Skrupel, die ihn vor der ersten Tat etwas gehemmt hatten, waren mit dem zweiten Mord verflogen und es machte ihm Spaß die Geschichte in die richtige Richtung zu steuern.

Die Nacht war wieder sehr kalt, aber im Wohnmobil herrschte eine bullige Wärme. Volle zwei Tage waren für die Vorbereitungen des nächsten Mordes draufgegangen, aber jetzt lag alles Material, dass er dafür brauchte, im Wagen. Das dritte Opfer musste er nicht so lange ausspähen wie das zweite, denn es lebte alleine und noch dazu völlig abgeschieden in einer Wohnung am Ortsrand. Es war ein Zufallstreffer aus dem Telefonbuch, wie die beiden anderen auch, aber es war eine gute Wahl.

Die kleine Nebenstraße, in die er jetzt einbog, hatte nur wenige Laternen und so wechselten sich beim Durchfahren helle Lichtinseln mit finsteren Schatten ab. Es war weit nach Mitternacht und nur vereinzelte Fenster waren in den Häusern noch erleuchtet. Dort, wo die Straße in einem kleinen Wendeplatz endete, fuhr er den Wagen auf den Bordstein und stellte den Motor und das Licht ab. Das kleine Haus seines nächsten Opfers war nur über einen Stichweg erreichbar, der mit zwei rot-weißen Pfosten für Fahrzeuge abgesperrt war. Fast eine halbe Stunde blieb der Mörder sitzen und beobachtete den Stichweg und den Wendeplatz. Wie nicht anders zu erwarten war, lag alles in tiefem Schlaf und absoluter Ruhe. Leise öffnete der Täter die Wagentüre und glitt behände in die Kälte der Nacht hinaus. Ein Schauer lief ihm den Rücken hinab und es war nicht ein Schauer der Kälte, sondern ein Schauer der Vorfreude. Mit seinen schwarzen Kleidern und der schwarzen Skimaske über seinem Gesicht war er nach wenigen Lidschlägen in den Schatten der Sträucher verschwunden, die den kleinen Stichweg säumten. Das nur hüfthohe Gartentor stand einladend offen und der Killer war mit wenigen Schritten bei der Eingangstüre. Er hatte zwei Optionen. Wenn die Tür nicht abgeschlossen war, konnte er wahrscheinlich mit einer Scheckkarte viel erreichen. Sollte die Türe jedoch von innen versperrt sein, war die Terrassentüre auf der anderen Seite des Hauses sein nächstes Ziel. Bevor er jedoch die Scheckkarte ansetzte, glitt der Täter mit fast schlafwandlerischer Sicherheit einmal ums gesamte Haus, um nach beleuchteten Fenstern zu sehen oder nach anderen Hinweisen, die darauf hindeuteten, dass der Bewohner des Hauses noch wach war. Nur eine kleine Taschenlampe mit schwachem Lichtkegel erleuchtete ihm den Weg über Beete und Rasenflächen. Als er schließlich wieder an der Haustüre stand, war er zufrieden und gleichzeitig gespannt. Das Adrenalin in seinem Blut machte ihn fast euphorisch und er musste sich zusammenreißen, um nicht den kleinsten Fehler zu machen. Nach zwei tiefen Atemzügen zur Beruhigung zog er die Scheckkarte aus der Hosentasche und schob sie vorsichtig zwischen Türblatt und Türrahmen. Erst war der Dichtgummi, der dazwischenlag, etwas im Weg, aber schließlich sprang die Tür mit einem feinen Klicken auf. Wie ein Schatten schlüpfte der Einbrecher in das Haus und schloss vorsichtig die Tür hinter sich. Es war fast betörend, den fremden Geruch des Hauses wahrzunehmen und genau zu wissen, dass da ein Mensch völlig ahnungslos in einem Bett lag und schlief. Für einen Moment blieb er im Hausflur stehen, genoss den Augenblick und lauschte in die Dunkelheit hinein. Rechter Hand traf der Strahl der Lampe auf die halb offene Tür der Küche, und geradeaus schien es ins Wohnzimmer zu gehen. Links prangte auf einer etwas schmäleren Tür ein WC-Schild und daneben stand die Badezimmertür sperrangelweit offen. Die letzte Tür, ebenfalls auf der linken Seite, schien die Schlafzimmertür zu sein und war geschlossen. Der Schwarzmaskierte wechselte die Taschenlampe in die linke Hand und zog den Elektroschocker aus der Hosentasche. Mit vier federnden Schritten stand er an der Schlafzimmertüre und lauschte. Leise Atemgeräusche bestätigten seine Vermutung, dass er vor dem Schlafzimmer stand, und auch, dass der Bewohner des Hauses schlief. Er legte vorsichtig die Hand mit der Lampe auf die Türklinke und drückte sie Millimeter für Millimeter nach unten. Kein Geräusch war zu hören außer dem Atmen des Opfers. Das Herz schlug dem Entführer bis zum Hals, als er langsam die Tür aufschob. Der Raum lag vollkommen dunkel vor ihm und stickige, verbrauchte Luft schlug ihm entgegen. Der erste Schritt in den Raum hinein dauerte fast eine Ewigkeit. Vage konnte er die Einrichtung im Schein der Lampe erkennen, die er mit dem Taser etwas abschirmte. Ein wandfüllender Schrank, eine kleine Kommode und ein großes Bett waren alle Einrichtungsgegenstände, die hier standen. Eine Seite des großen Doppelbettes war unberührt, auf der anderen lag unter einer zerwühlten Bettdecke ein schwerer Männerkörper. Die Atemgeräusche waren immer noch gleichmäßig und ruhig. Es waren fünf Schritte, die er brauchte, dann stand der Mörder neben dem Schlafenden. Der nackte Oberkörper des Mannes lag, nur halb bedeckt, direkt vor dem Eindringling. Die Zeit des Wartens war vorbei, er griff den Elektroschocker fester, betätigte den Abzug und drückte dem Mann die beiden Elektroden auf die Brust.

Nur einen Lidschlag später flog der Taser, von dem Arm des aufschreckenden Opfers getroffen, im hohen Bogen durch das dunkle Zimmer und verschwand krachend in einer Ecke des Raumes. Hastig und fast panisch trat der Täter einen Schritt zurück und drückte die Taschenlampe mit dem Glas gegen sein Hosenbein, um das Licht zu löschen. Erst durchliefen fürchterliche Krämpfe und Zuckungen den Körper des Bewohners, dann lag er still. Der Maskierte atmete erleichtert aus, denn der Schreck hatte ihn sekundenlang den Atem anhalten lassen. Geschäftig machte er ein paar Schritte zur Tür und schaltete die Beleuchtung ein. Dann trat er wieder an das Bett und schaute in das ungläubig blickende Gesicht seines Opfers. Schnell zog er die vorbereitete Spritze aus seiner Jacke, nahm die Kunststoffabdeckung von der Spitze und presste dem Kerl die Kanüle in den Oberarm. Langsam, aber zügig drückte er den Inhalt der Spritze in den Muskel des Mannes und steckte dann alles wieder fein säuberlich in die Tasche. Auch den Taser sammelte er wieder auf und verstaute ihn in seiner Hosentasche. Der Entführer wusste, dass die Droge nicht lange brauchen würde, bis sie wirkte. Er sah kurz auf seine Uhr und fluchte leise. Eigentlich wollte er jetzt schon in der Burg sein. Er schüttelte sein Gegenüber und erntete einige lallende Worte, die er nicht verstand.

„Steh auf und zieh dich an! Und zwar schnell", sagte er in einem Ton, der keine Widerrede zuließ.

„Was soll das?", stammelte der Mann und wischte mit dem Arm einen imaginären Feind vor sich weg.

„Steh auf", befahl der Maskierte noch einmal nachdrücklich.

Die Droge schien jetzt zu wirken, denn sein Opfer richtete sich langsam auf, schwang bedächtig die Beine aus dem Bett und setzte sich auf den Bettrand.

„Zieh dich an!" Ärgerlich wiederholte er auch diesen Befehl und blickte gehetzt auf die Uhr. Er trat an das Bett heran und nahm die Hose des Bewohners, die ordentlich über das erhöhte Fußende des Bettes gelegt war, und warf sie dem Betäubten hin. Auch ein Hemd, das auf einem Kleiderbügel am Schrank hing, landete auf dem Schoß des Mannes.

„Das reicht, im Auto ist es warm", flüsterte der Einbrecher mehr zu sich selbst.

Fünf Minuten später stand das Opfer barfuß und mit heraushängendem Hemd vor ihm. Der Entführer packte ihn am Arm und zog ihn hinter sich her in Richtung Haustüre. Die nackten Füße klatschten unwillig auf den Steinfließen des Flures.

„Bleib hier stehen!", befahl der Maskierte und stellte den Mann zwei Meter vor der Haustüre ab. Dann öffnete er vorsichtig die Tür einen Spaltbreit, spähte nach draußen und glitt schließlich in die Kälte hinaus. Der Weg zum Wagen war frei und der Stichweg und der Wendeplatz lagen immer noch einsam und verlassen vor ihm. Schnell war er zurück im Haus, packte den Bewohner des Hauses wieder unsanft am Arm und zog ihn hinter sich her in die Nacht hinaus. Leise fiel die Tür ins Schloss und wenig später saß das Opfer hinten im Wohnmobil auf einer bequemen Sitzbank. Vorsorglich war die Innenbeleuchtung aus, aber das Licht, das von der nahen Straßenlaterne durch die Vorhänge der Fenster hereinfiel, reichte aus, um alles zu erkennen. Mit mehreren Kabelbindern fesselte der Entführer Hände und Füße des Mannes, dann legte er ihn vor sich auf den Boden.

„Bleib hier liegen und beweg dich nicht", befahl er nachdrücklich und drückte den Kopf des Mannes zu Boden. Kurz darauf saß er am Steuer, startete den Motor und ließ das Wohnmobil sanft vom Bordstein gleiten.

„Das war der leichte Teil", dachte er, zog sich die Mütze vom Kopf und lächelte zufrieden. Die Straßen der Stadt lagen völlig leer vor ihm als er den Weg in Richtung Marktplatz einschlug. Erst auf der Hauptstraße kamen ihm zwei Autos entgegen, die offensichtlich viel zu schnell unterwegs waren und sich wahrscheinlich ein nächtliches Rennen durch den Ort lieferten. Der Fahrer des Wohnmobiles bog von der Hauptstraße ab und fuhr durch das obere Tor auf den Marktplatz. Nur kurz flammte die Erinnerung, an sein erstes Opfer in ihm auf, das er hier im Tor erhängt hatte. Es war der perfekte Mord und so wollte er ihn auch später darstellen: „Der perfekte Mord", sagte er leise und zufrieden. Wie bei seiner zweiten Tat auch, lag der historische Marktplatz um diese Zeit völlig tot vor ihm. Alle Fenster waren dunkel und kein Mensch war weit und breit zu sehen. Er lenkte den Wagen am „Durchfahrt verboten"-Schild, vorbei durch das sehr schmale Doppeltor des Burghofes. Ein schneller Blick zum Pfarrhaus auf der rechten Seite des Hofes zeigte ihm, dass auch dieses in tiefer Schwärze eingehüllt dalag. Noch immer stand der Bauzaun aus grobmaschigen Metallsegmenten und machte den Zugang zur inneren Burg unmöglich. Der Eindringling nahm den kleinen Bolzenschneider vom Beifahrersitz und stieg aus.

Schnell war das Vorhängeschloss, das an einer Kette zwei der Zaunsegmente sicherte, durchgezwickt und die Segmente auseinandergestellt. Der Fahrer stieg zufrieden wieder in das Wohnmobil und fuhr es bis zur Brücke, die in die innere Burg führte. Dann schaltete er die Scheinwerfer aus und stellte den Motor ab. Ein Blick auf die Uhr zeigte ihm, dass sein Zeitplan völlig aus den Fugen geraten war und er sich beeilen musste. Schnell war er aus dem Wagen, ging zum großen Stauraum des Wohnmobiles, öffnete ihn und zog eine Schubkarre heraus. Er stapelte das mitgebrachte Holz darauf und ging über die neue Brücke zum Tor der Burg. Auch hier versperrte nur ein einfaches Vorhängeschloss den Zugang. Der Bolzenschneider kam noch einmal zum Einsatz, dann schwang das große Stahltor knarrend nach innen. Es war dunkel im Innenhof der Burg, aber der Eindringling kannte sich aus und fand fast schlafwandlerisch seinen Weg. Eine große Glastür versperrte ihm den Weg zu seinem Ziel. Die Tür war hier früher nicht und der Weg zur ehemaligen Küche war damals frei gewesen. Jetzt war die Türe da, um späteren Besuchern zwar den Einblick zu erlauben, ihnen aber den Zutritt zu verwehren. Es war in seinen Augen zwar ein Stilbruch, in dieser Burg solche Barrieren einzubauen, an der spätere Besucher sich die Nasen platt drücken mussten, aber jetzt war sie nun mal da. Mit Genuss hob er den Bolzenschneider und schlug ihn in der Nähe des Schlosses gegen die Glastür. Ein furchtbares Krachen ließ ihn erschrocken hochfahren.

„Das muss im ganzen Dorf zu hören sein", dachte er geschockt und betrachtete die Tür. Nur ein kleines Stück Glas war am Rand abgesplittert, aber das Schloss war völlig unversehrt und intakt. Es war allerdings keine Zeit mehr, um Rücksicht zu nehmen. Der Mörder blickte sich kurz um und entdeckte in einer dunklen Ecke des Hofes einen kleinen Stapel mit Gerüststangen. Er holte sich eins der kürzeren Stücke und schlug mit dem Ende heftig gegen das Schloss in der Glastür. Auch dieses Mal war der Schlag laut und hallte durch die hohen Mauern der Burg, aber er war auch erfolgreich. Das Schloss gab nach und platzte aus der Glasfläche der Tür heraus. Einige Sprünge breiteten sich über die Glastür aus, dennoch hing sie weiter stabil in ihren Angeln. Achtlos warf der Killer das Rohr beiseite und drückte die Glastür auf. Schnell holte er seinen Schubkarren mit dem Holz und stellte ihn griffbereit neben das große Schürloch des Ochsenschlotes. Die gewaltige mittelalterliche Kochstelle war eine der wenigen noch erhaltenen in ganz Europa. Der Schlot war zweiundzwanzig Meter hoch und die Kochstelle groß genug, um ein ganzes Rind am Spieß braten zu können. Schnell hatte der Mörder sein Holz in den Schlot geschichtet und fuhr zurück zum Wohnmobil, um die zweite Ladung zu holen. Inzwischen stand ihm trotz der herrschenden Kälte der Schweiß auf der Stirn und sein Gesicht war gerötet. Mit der dritten Fuhre holte er die beiden schweren Balken, die im Innenraum des Wagens untergebracht waren. Die hatte er am Vortag schon präpariert und in der Mitte eine Gärung eingesägt. Durch die beiden Bohrlöcher steckte er jetzt die mitgebrachte Schraube und zog die Mutter auf der anderen Seite fest. Zufrieden betrachtete er sein Werk. Die Balkenkonstruktion, die aussah wie ein großes Andreaskreuz, lag vor ihm auf dem mittelalterlichen Steinboden und im Kamin lag ausreichend Holz. Fast rannte er, als er mit der leeren Schubkarre wieder zum Wohnmobil lief und sie krachend wieder im Stauraum unterbrachte. Schwer atmend wischte er sich danach mit dem Ärmel den Schweiß von der Stirn und blickte gehetzt in den äußeren Burghof. Langsam schob sich die Dämmerung über den Himmel und aus dem schwarzen, sternenübersäten Firmament wurde ein graues Tuch, auf dem die leuchtenden Punkte langsam verblassten. Der Entführer öffnete die Seitentür des Wagens und stieg ein. Mit dem bereitliegenden Seitenschneider kniff er die Kabelbinder an den Füßen seines Opfers auf und sagte rabiat: „Steh auf." Er packte den Mann an den Armen und half ihm stöhnend auf die Beine, dann zog er ihn hinter sich her. Die Droge wirkte Gott sei Dank noch, ansonsten hätte er mit dem kräftigen Mann jetzt seine Probleme gehabt. Die fertig abgelängten Drahtstücke und die Flasche mit dem Benzin steckte er im Vorbeigen in die Tasche und half dann seinem Opfer die zwei Stufen hinunter, die aus dem Wohnmobil in die Dämmerung hinausführten. Die Balken und Stahlkonstruktion der Brücke hallten unter ihren Schritten, als sie darüber hasteten. Augenblicke später standen sie vor dem Ochsenschlot.

„Leg dich auf das Kreuz", befahl er dem Entführten. Der stand jedoch unschlüssig da und blickte ihn unverwandt an.

„Du sollst dich da drauflegen!"

Eine Spur Erkennen und Unverständnis zeichnete sich im Gesicht des Mannes ab und der Killer bekam Panik.

„Verdammt, die Droge wirkt nicht mehr", raunte er zu sich selbst.

„Was machst du? – Wo bin ich?", fragte sein Opfer stockend und der Entführer bückte sich nach dem Rohr, mit dem er die Glastür eingeschlagen hatte. „Was ist los?" Die lallende Aussprache des Opfers war verschwunden und seine glänzenden Augen sahen seinen Entführer verständnislos und auch etwas ängstlich an.

Völlig ansatzlos und ohne Skrupel nahm der Mann das Rohr in beide Hände, holte aus und schlug es dem Opfer quer über das Gesicht. Ein übles Geräusch von brechenden Knochen hallte durch die alten Gemäuer und der Geschlagene fiel wie vom Blitz getroffen in voller Länge auf den Steinboden. Blut spritze durch den Raum und besudelte den Schläger und die offene Glastür. Ein etwas dumpferes Krachen ertönte, als der Hinterkopf des Mannes auf das Pflaster aufschlug.

Ein paar Momente später flog das Gerüstrohr knallend zu Boden und der Mörder wischte sich angewidert das Blut mit dem Jackenärmel aus dem Gesicht. Mühsam und ärgerlich zerrte er dann den Bewusstlosen auf das Balkenkreuz und befestigte Arme und Beine mit den Drahtstücken durch vorgefertigte Löcher an den Balken. Als sich der Mann danach aufrichtete, hatte er den Eindruck, dass bereits Stunden vergangen waren.

Ein Blick auf seine Uhr zeigte jedoch, dass er noch eine halbe Stunde bis zum Arbeitsbeginn der Bauarbeiter hatte. Das Aufrichten des Kreuzes mit dem Opfer hatte er sich wesentlich einfacher vorgestellt und es schien beim ersten Versuch fast unmöglich. Viel zu schwer war das Paket, und der Killer keuchte und

Der Ochsenschlot ist eines der wenigen erhaltenen Zeugnisse davon wie im Mittelalter gekocht wurde. Der Schlot ist so gewaltig, dass ganze Ochsen am Spieß darin gebraten werden konnten.

fluchte unter der Anstrengung. Erst als er eine der längeren Gerüststangen aus dem Burghof holte und als Hebel zu Hilfe nahm, konnte er das Kreuz aufrichten und gegen den oberen Rand des Schürloches lehnen. Der Körper des Opfers fiel durch die Schräge etwas nach vorne und hing, nur von den Drähten an Armen und Beinen gehalten, schlaff vom Kreuz. Zufrieden und keuchend betrachtete der Entführer seine Arbeit. Der eingefräste Spruch am hinteren Balken war gut zu lesen und würde vom Feuer auch kaum zerstört werden. Er zog die Flasche mit dem Benzin heraus und übergoss die Holzscheite im Schlot. Etwas ärgerlich darüber, dass der Entführte ohnmächtig war und seinen Tod gar nicht mitbekam, zog er sein Feuerzeug aus der Hosentasche. Vorsichtig hielt er die Flamme am Rand des Holzstapels an einen Benzinfleck und wich schnell zurück, als eine helle Stichflamme aufloderte. Im Licht des Feuers sammelte der Mörder seine Habseligkeiten zusammen und verschwand dann durch die offene Glastür in den Burghof. Als er gerade über die Brücke zum Wagen eilte, erscholl ein Schrei hinter ihm. Ein Schrei, der ihm einen Schauer über den Rücken trieb. Kurz blieb er stehen und war schon versucht zurückzulaufen, um das Grauen im Gesicht des Mannes zu sehen und sich daran zu ergötzen, als die Vernunft und die Angst, entdeckt zu werden, siegten. Ein zweiter Schrei holte ihn ein, als er gerade in den Wagen stieg. Inzwischen war der neue Tag soweit heraufgezogen, dass die Gebäude, die den Hof einrahmten, schon aus den Schatten herausgetreten waren. Im Pfarrhaus brannte ein Licht und der Mörder fluchte leise. Ohne das Licht des Wagens einzuschalten, fuhr er das Wohnmobil rückwärts durch die Lücke im Bauzaun. Zwischen dem Anhalten und dem Einlegen des ersten Ganges ließ er noch einmal seinen Blick über die Burganlage schweifen. Die dunklen Rauchwolken, die sich über die Anlage erhoben, wurden vom lauen Westwind in feine Schlieren zerteilt und trieben ab in Richtung Stadt. Langsam, um nicht zu viel Lärm zu machen, fuhr er das Auto in Richtung Tor und ließ es vorsichtig hindurchgleiten. Erst als er den Marktplatz erreichte, schaltete der Mörder die Scheinwerfer des Wagens ein und steuerte ihn in Richtung oberes Tor.

Erst überwog das Gefühl der Unzufriedenheit in seinem Innern. Unzufriedenheit über den schlampigen und unplanmäßigen Ablauf seiner Tat. Je weiter er sich jedoch vom Tatort entfernte, umso mehr gab er sich seinem Triumph hin. Dem Triumph über einen weiteren perfekten Mord.

Dieses Mal war hier wirklich großer Bahnhof. Es waren nicht nur die Leute der Spurensicherung da, sondern noch mindestens zehn Streifenwagen, ein Notarzt- und ein Krankenwagen. Sogar die Staatsanwaltschaft war vertreten und natürlich die nervigen Leute von der schreibenden Zunft. Der Burghof glich einem Ameisenhaufen. Ein ständiges Kommen und Gehen, aber alles hatte irgendwie System und Ordnung. Unser Chef, Günter Lauterbach, hatte sich sogar selbst an den Tatort bemüht und stand jetzt, mit einem Taschentuch vor Mund und Nase gepresst, mit dem Staatsanwalt neben der Leiche. Moni und ich hielten uns etwas im Hintergrund und waren gar nicht böse darüber. Die halb verbrannte Leiche verbreitete einen Geruch, der einem die Eingeweide herumdrehte. Schlimmer als der Geruch war jedoch der Anblick des Toten. Kopf und Oberkörper waren derart entstellt und verbrannt, dass diesen Mann noch nicht einmal seine Mutter wiedererkannt hätte. Die Glut im Ofen strahlte immer noch eine angenehme Wärme ab, aber das nahm an diesem Tatort keiner als wirklich positiv war.

Der Hinweis auf der Rückseite des Kreuzes war nicht zu übersehen gewesen und befand sich jetzt als Bild in meinem Handy:

der Erste wird am Kreuze brennen

„Inzwischen dürfte klar sein, dass es keine Nummerierung der Mordfälle ist", flüsterte ich Moni zu, sodass es unser Chef und der Staatsanwalt nicht mitbekamen.

„Aber was bedeuten die Zahlen dann?"

„Um das herauszufinden, kannst du jetzt deine kriminalistischen Fähigkeiten unter Beweis stellen." Moni blickte mich mit einem Blick an, der so viel bedeutete wie „Arsch".

Günter und der Staatsanwalt hatten inzwischen den unmittelbaren Tatort verlassen und ich trat langsam auf den Toten zu. Ich zwang mich ihn noch einmal von oben bis unten zu mustern. Die nackten Füße und auch die Hose bis zu den Knien hatte, so gut wie nichts abbekommen. Ab den Knien aufwärts war die dunkle Stoffhose halb verbrannt und halb geschmolzen. Der Ledergürtel hatte das Feuer am besten überstanden und hielt anscheinend alles zusammen. Auch das Hemd schien aus irgendeiner Kunstfaser gefertigt worden zu sein. Am Rücken war es völlig unversehrt und vorne vollkommen verbrannt. An den Seiten bildete der verbrannte Kunststoff eine widerliche Masse mit der angekohlten Haut. Die Brust hingegen war so nahe am Feuer, dass das Fleisch auf den Rippen entweder vollkommen schwarz oder einfach weg war. Zwischen den schwarz glänzenden Fleischresten konnte man deshalb auch die helleren Knochen der Rippen sehen. Ich zwang meinen Blick weiter nach oben.

Heute sah man ja in jedem zweitklassigen Krimi Pathologen, die furchtbar entstellte Leichen obduzierten und anhand kleinster Spuren die Todesursache, das Alter und alle Hobbys des Opfers mit einem Blick herausfanden. Wobei ich mir immer die Frage stellte, welchem kranken Gehirn die Nachbildungen der Leichen entsprungen waren.

Der Kopf des Opfers war nach vorne gefallen und so hatten nur wenige Haare im Nacken die Hitze schadlos überstanden. Die dünneren Schichten der Haut im Gesicht waren weggebrannt. Lippen, Nase und Ohren auch. Die Augäpfel hingen verschrumpelt und verkohlt in ihren Höhlen und die Zähne glänzten weiß aus dem zu einem Todesschrei geöffneten Mund.

Ich wandte mich ab. Auch die zweite Begutachtung der Leiche brachte mir keine neuen Erkenntnisse, außer der, dass es Menschen auf der Welt gab, die anscheinend nicht einen Funken an Mitgefühl und Barmherzigkeit besaßen. Wobei diese Erkenntnis auch nicht wirklich neu war.

Die Spurensicherung in ihren weißen Overalls war immer noch dabei, Fingerabdrücke an der Glastür und den herumliegenden Gerüststangen zu sichern. Die kürzere der Stangen und auch die Tür hatten Blutspritzer abbekommen. Auch diese wurden sorgfältig gesichert. Obwohl es ziemlich unwahrscheinlich war, konnte es ja auch Blut des Mörders sein.

Ich verließ den Tatort mit dem Gefühl, dass der Killer wieder einmal gewonnen hatte, und dieses Gefühl nagte seit Tagen in mir und kratzte an meiner Ehre. Moni war nirgends zu sehen und so schlenderte ich noch ziellos durch die alten Gemäuer. An vielen Stellen war die aufwendige Restaurierung bereits fertig. Andere Stellen waren noch immer Baustellen, bei deren Anblick man sich kaum vorstellen konnte, dass diese Burg im Juni, also in knapp drei Monaten, als Museum eröffnen sollte. Die Ecke des Burghofes, an der gerade mein Chef und der Staatsanwalt der Presse Rede und Antwort standen, vermied ich tunlichst und ging langsam in Richtung Brücke. Wolfgang Kleinlein von der Schlösserverwaltung stand darauf und blickte in die Tiefe des Burggrabens. Der Mann neben ihn lehnte ebenfalls am Geländer und blickte in die Tiefe.

„Hallo, Herr Kleinlein", sagte ich und begrüßte ihn mit einem Handschlag und einem zurückhaltenden Lächeln.

„Hallo", sagte er stockend und ich sah ihm an, dass er zwar meine Stellung, aber nicht mehr meinen Namen kannte.

„Kommissar Bernd Peter", sagte ich deshalb erklärend.

„Guten Tag, ich bin der Bürgermeister des Ortes." Der Mann neben Einstein streckte mir die Hand entgegen und blickte fragend. „Können Sie uns etwas sagen?", fragte er neugierig.

Ich schaute ihn kurz in die Augen und konnte keine Spur von Sensationsgeilheit darin ausmachen. Es war mehr Besorgnis und vielleicht eine Spur Furcht, die mich anblickten.

„Wir haben einen weiteren Toten", begann ich zu erzählen. „Auch er wurde auf bestialische Weise umgebracht." Schon nach diesen beiden Sätzen schlug die erwartungsvolle Neugier in den Mienen der beiden Männer in Entsetzen um. „Der Mann wurde vor einer großen Feuerstelle an ein Kreuz gefesselt und durch die Hitze des Feuers völlig entstellt und verbrannt."

Der Bürgermeister schlug die rechte Hand vor den Mund und ich sah, wie es ihm den Magen hob. Auch der Mann von der Schlösserverwaltung konnte seine Bestürzung und seinen Ekel nicht verbergen.

„Im Ochsenschlot?", fragte er nach einigen Augenblicken, in denen ich nichts sagte, damit sich beide etwas fassen konnten.

„Eine große, runde Feuerstelle hinter einer Glaswand, mit einem hohen Schlot", sagte ich, weil ich das Wort Ochsenschlot zuvor noch nicht gehört hatte.

„Der Ochsenschlot", wiederholte der Bürgermeister wissend.

„Wurde etwas beschädigt?", fragte der Mann von der Schlösserverwaltung sorgenvoll.

Ich schaute ihn wahrscheinlich etwas konsterniert an, deshalb ergänzte er erklärend: „Außer der Leiche natürlich."

Jetzt wurde er rot im Gesicht und ich überging die Frage, ohne ihn zurechtzuweisen.

„So wird das nichts mit der Eröffnung des Museums am 23. Juni", sagte der Bürgermeister. „Wir sind sowieso schon mit den Arbeiten im Verzug. Was denken Sie, wie lange die Ermittlungen und die Tatortsicherung dauern werden?"

Ich schaute ihn an und sagte: „Herr Bürgermeister, die Sicherung des Tatorts und das Beseitigen der Leiche wird in einigen Stunden passiert sein. Die Ermittlung des oder der Täter wird sich noch etwas hinziehen. Eins muss ich dem Mann nämlich zugestehen, er führt seine Morde kaltblütig und sorgfältig geplant durch. Er hinterlässt keine Spuren und macht keine Fehler, er ist wie ein Geist oder wie euer berühmter Grehiedl. Die Hinweise, die er an jedem Tatort hinterlässt, bringen uns gar nichts, im Gegenteil, sie sind wahrscheinlich nur dazu da, uns in die Irre zu führen."

„Welche Hinweise hinterlässt er denn?", fragte das Oberhaupt der Gemeinde.

„Dazu möchte ich noch nichts sagen. Diese Angaben gefährden vielleicht unsere Ermittlungen. Jetzt gelten unsere Bemühungen erst einmal dem Opfer. Wir müssen die Identität herausfinden und den Angehörigen die traurige Mitteilung machen."

„Sicher", sagte der Bürgermeister und tätschelte mir aufmunternd den Oberarm.

Für mich war das das Zeichen, mich zu verabschieden. Ich drückte beiden Männern die Hand und ging in Richtung äußeren Burghof. Zwei Streifenpolizisten in den neuen, blauen Uniformen kamen mir aufgeregt entgegen.

„Wir haben etwas herausgefunden, Herr Kommissar. Eine Passantin hat heute Morgen gegen halb sieben ein großes Wohnmobil aus der Burg kommen sehen. Das Nummernschild hat sie sich jedoch nicht gemerkt. Sie hat sich nur gewundert, dass der große Wagen überhaupt durch das schmale Doppeltor zur Burg gepasst hat."

„Hat sie den Fahrer gesehen?"

„Nein, es war noch zu dunkel. Ach ja, sie hat noch gesagt, dass der Fahrer trotz der Dunkelheit die Scheinwerfer erst angeschaltet hat, als er aus der Burg auf den Marktplatz fuhr."

Das Wohnmobil des zweiten Mordes wurde damit für mich bestätigt und schien jetzt der Hinweis zu sein, der uns, mit etwas Glück und Recherche, dem Täter näherbrachte. Ich zog mein Handy aus der Hosentasche und wählte die Nummer von Gerhard, unserem Computernerd in der Abteilung.

„Hallo, Gerhard, ich bräuchte eine Aufstellung aller Wohnmobile, die in Cadolzburg und Umgebung zugelassen sind. Ich brauche die Liste gestern", sagte ich dringlich, als mir Gerhard mit Ausflüchten, wie: überlastet, keine Zeit, viel zu tun und nächste Woche, kam.

„Welche Liste?", fragte Moni, die plötzlich hinter mir stand.

„Eine Liste mit Wohnmobilen, die hier zugelassen sind", sagte ich. „Eine Zeugin hat heute Morgen eins von hier wegfahren sehen."

„Also doch", bemerkte Moni und drückte damit aus, dass sie an die Wohnmobilstory der Nachbarin vom zweiten Opfer nicht so richtig geglaubt hatte.

„Oberkommissarin Fröhlich?" Die Stimme unseres Chefs bellte über den Hof. Moni ruckte herum und sah Günter etwas ängstlich entgegen. Der kam im Stechschritt mit drei Mann Gefolge auf uns zu. Es waren der Bürgermeister, der Mann von der Schlösserverwaltung und der Staatsanwalt.

„Was habt ihr?", fragte Günter mit einer Stimme, die darauf schließen ließ, dass ihn die drei anderen mit dieser Frage im Nacken saßen.

„Wie beim zweiten Fall wurde auch hier ein großes weißes Wohnmobil gesehen, das den Tatort bei Tagesanbruch verlassen hat", sagte ich, um Moni aus der Schusslinie zu nehmen.

„Und?"

„Und, ich habe Gerhard – ich meine Oberwachtmeister Kübler gebeten, mir eine Aufstellung der hier zugelassenen Wohnmobile zu schicken, dann werden wir die Halter überprüfen."

„Unten am Höhbuckparkplatz stehen immer eine Handvoll Wohnmobile", sagte der Bürgermeister eilfertig und deutete auf einen imaginären Punkt hinter dem Pfarrhaus. Denn dass es sich bei dem Haus, das rechts von der Pferdeschwemme den Hof abschloss, um das Pfarrhaus handelte, wusste ich inzwischen auch.

„Wo ist das?", fragte Moni übertrieben eifrig.

„Am Weg in Richtung Bauhof", antwortete der Bürgermeister. „Am Höhbuck heißt die Straße."

„Wir brauchen Ergebnisse, meine Dame und meine Herren", mischte sich der Staatsanwalt ein. „Die Presse sitzt uns im Genick und die Leute werden unruhig. Drei bestialische Morde innerhalb kürzester Zeit und die Polizei tappt völlig im Dunkeln." Er holte tief Luft und blickte abschätzend in die Runde. „Haben wir schon ein Motiv? Oder besteht ein Zusammenhang zwischen den Opfern?"

Moni und ich schüttelten den Kopf.

„Wir kennen die Identität des dritten Opfers noch nicht, aber zwischen den ersten beiden besteht nicht der geringste Zusammenhang", sagte ich und versuchte so viel Selbstbewusstsein wie möglich in die Antwort zu legen.

„Brauchen Sie mehr Männer?", fragte der Staatsanwalt unseren Chef gereizt.

„Wir kommen zurecht", antwortete Günter kleinlaut und seine Augen funkelten dabei Moni angriffslustig an.

Das Klingeln einer SMS auf meinem Handy entspannte die Situation etwas und ich trat einige Schritte zur Seite, um sie zu lesen.

„Gerhard hat mir die Liste der Wohnmobile geschickt", sagte ich laut, sodass es alle hören konnten. „Moni, kommst du!"

„Meine Herren", sagte sie, lächelte einmal in die Runde und folgte mir zum Auto.

Eine Minute später saßen wir im Wagen und ich lenkte den BMW zum Tor des Burghofes hinaus.

„Verdammt."

Ich erschrak, als Moni lautstark rief und dabei mit der Faust gegen das Armaturenbrett donnerte.

„Was bilden sich die Typen eigentlich ein – dass wir den ganzen Tag Däumchen drehen – oder was?"

„Gib mal Am Höhbuck ins Navi ein", sagte ich beruhigend.

„Tipp deinen Scheiß selber ein", motzte sie weiter. Zwei tiefe Atemzüge später programmierte sie dann das Navigationsgerät mit dem Namen der Straße.

Es waren kleine und verwinkelte Gassen mit Kopfsteinpflaster, durch die ich dann den Wagen steuerte. Minuten später fuhr ich auf einen großzügigen, halb geteerten und halb geschotterten Parkplatz, den ich in dieser Größe hier in der Enge der Altstadt gar nicht erwartet hätte. Schon von der Einfahrt aus konnte ich einige Wohnmobile verteilt auf der großen Fläche ausmachen. Menschen oder andere Autos waren weit und breit nicht zu sehen. Ich steuerte eine Gruppe von drei der kleinen, rollenden Eigenheime an, stoppte den Wagen und stieg aus. Schnell hatte ich die drei Gefährte umrundet und sagte zu Moni: „Die sind es nicht."

„Und wieso nicht?"

„Keine Leiter."

Erst verstand sie nicht, dann wurde ihr klar, dass die Zeugin des zweiten Falls eine Leiter an der Hinterseite des Wohnmobiles gesehen hatte. Ich ging indessen zum nächsten Stellplatz, umrundete auch dieses wahrlich gigantische Teil und wurde leitermäßig wieder nicht fündig.

Minuten später war klar, dass alle sieben Wohnmobile auf dem Platz keine Leiter hatten und auch keine Vorrichtung, in die man eine hätte einhängen können. Zusammen glichen wir noch die Nummernschilder mit Gerhards Liste ab, dann saßen wir wieder im Wagen.

„Wie viele bleiben jetzt noch auf der Liste?", fragte Moni müde. Ich blickte sie von der Seite her an und sah die Resignation und die Verzweiflung in ihrem Gesicht.

„Was ist los?", fragte ich vorsichtig.

„Nichts, alles gut", antwortete sie und das Lächeln, das sie dabei zeigte, wirkte aufgesetzt und gezwungen.

So gut kannte ich sie inzwischen, dass ich wusste, sie würde sich komplett verschließen, wenn ich jetzt weiterbohrte. Ich zog mein Handy heraus und scrollte die Liste herunter.

„Abzüglich dieser sechs – das mit dem Nürnberger Kennzeichen steht nicht auf der Liste – sind es noch acht." Ob vierzehn Wohnmobile für einen Ort wie Cadolzburg viel oder wenig waren, konnte ich nicht einschätzen, aber die Zahl schien mir zum Überprüfen recht übersichtlich zu sein.

„Na dann los", sagte Moni aufmunternd und nahm mir das Telefon aus der Hand. Sie tippte die erste Adresse auf der Liste ins Navi und ich startete den Motor.

Inzwischen waren dunkle Wolken aufgezogen und hatten die Welt in ein düsteres Grau gehüllt. Als ich das Licht des Wagens einschaltete, fiel auch schon der erste dicke Regentropfen auf die Windschutzscheibe und zerplatzte mit einem dumpfen Ton.

„Na toll", maulte ich, als sich von einer Sekunde zur nächsten die Schleusen im Himmel zu einer ausgewachsenen Sturzflut öffneten. Selbst in der schnellen Stufe schafften es die Scheibenwischer nicht, diesen Wassermassen Herr zu werden, und ich musste deutlich langsamer als gewöhnlich unserem ersten Ziel entgegenfahren. Das heftige Prasseln des Regens auf dem Autodach und der Frontscheibe ließ irgendeine Urangst in mir wach werden, die ich zwar unter Kontrolle hatte, die aber auch ein ungutes Gefühl der Beklemmung hinterließ.

Das Wohngebiet, in das ich kurz darauf einbog, schien auf dem Reißbrett entstanden zu sein. Kupfergarten hieß die Straße, die das große Areal in gleich große Parzellen abteile, auf denen ordentlich ausgerichtet schicke Einfamilien- oder Doppelhäuser standen. Nachdem alle Seitenstraßen den gleichen Straßennamen trugen, dauerte es eine Weile, bis ich vor der richtigen Hausnummer anhielt. Einer dieser neuartigen Zäune, bei dem Steine in eine Art Gitterkäfig gefüllt werden, schloss das Grundstück, mit einem schmucken, weiß gestrichenen Haus im fränkischen Stil darauf, zur Straße hin ab. Die Gartentüre, ein schlichtes schmiedeeisernes Metalltor, war geschlossen und in einem großen Carport daneben standen ein graues Wohnmobil und ein dunkelblauer Audi A6. Bei diesem Regen wären Moni und ich, bis wir das Haus erreicht hätten, klatschnass geworden, deshalb warteten wir einige Minuten ab. Während sich der Himmel nach und nach wieder aufklärte und schon vereinzelte Sonnenstrahlen die Wolkendecke durchdrangen, hörte auch der Regen langsam auf. Als wir schließlich ausstiegen, tröpfelte es noch leicht und die Luft roch nach Frühling.

„Ich denke, das war's mit dem Winter", sagte ich und erntete ein stummes Nicken meiner Partnerin.

Das Klingeln an der Gartentüre rief einen wütend bellenden Hund auf den Plan, dessen Rasse ich nicht hätte sagen können. Er war groß wie ein Schäferhund, rannte am Zaun entlang auf und ab und sprang immer wieder am Gartentor hoch, als wollte er uns an den Kragen. Vorsorglich wichen wir noch einen Schritt zurück und schauten uns betreten an, als der Türsummer ertönte.

„Der tut nichts", ertönte eine weibliche Stimme unsichtbar hinter einer hohen Bambushecke hervor.

Moni verdrehte die Augen und zog die Stirn in Falten. Auch ich wollte mich auf gar keinen Fall von der Richtigkeit dieser

Aussage überzeugen und rief zurück: „Hier ist die Polizei, bitte kommen Sie zu uns."

Eine sehr kleine und zierliche Frau kam auf einem gepflasterten Weg, der zum Haus führte, heran.

„Ist etwas passiert?", fragte sie mit einer sorgenvollen Miene. Ihre langen Haare waren mit einem Band nach hinten gebunden und ihre Hände steckten in kleinen Gärtnerhandschuhen.

„Frau Jordan?", fragte ich lächelnd.

„Ja, – gib endlich Ruhe, Paula", fuhr sie den Hund an und der kam mit eingezogenem Schwanz und angelegten Ohren zu ihr.

„Ist das Ihr Wohnmobil", fragte Moni und deutete auf das Fahrzeug im Carport.

„Ja", sagte sie zögerlich. „Es gehört meinem Mann und mir."

„Ist Ihr Mann zu Hause?", hakte ich nach.

„Nein, der ist in der Arbeit. Ist etwas passiert?" Die Unsicherheit in ihrer Stimme wich einer besorgten Ängstlichkeit.

„Nein, alles gut, Frau Jordan. Dürfte ich mir das Wohnmobil kurz anschauen?", fragte Moni mit beruhigender Stimme.

Die Frau strich sich eine Haarsträhne aus dem Gesicht, die sich aus dem Haarband gelöst hatte, und fragte: „Ist das der Moment, an dem ich nach einem Durchsuchungsbefehl fragen sollte?"

Ich lächelte sie an und antwortete: „Genau, das ist der Moment, Frau Jordan. Sie könnten mir aber auch einen kurzen Rundgang um ihr Fahrzeug erlauben und dann sind wir auch schon wieder weg."

„Tun Sie was Sie nicht lassen können."

Noch bevor ich reagieren konnte, war Moni bereits unterwegs und schaute sich das Wohnmobil von allen Seiten an.

„Wann wurde das Fahrzeug zum letzten Mal bewegt, Frau Jordan?", fragte ich unterdessen.

„Schon ewig nicht mehr. Im Winter benutzen wir es eigentlich gar nicht. Im September waren wir damit vier Wochen auf Sizilien, seitdem steht es hier. Ab und zu fährt mein Mann es heraus und wäscht es ab, aber mehr ist es nicht."

„Noch zwei Fragen zu Ihrem Mann, Frau Jordan. Wie groß ist er und welche Frisur trägt Ihr Mann?"

„Um was geht es eigentlich?", begehrte sie auf. „Das kommt mir alles schon etwas seltsam vor."

„Reine Routinefragen. Wir müssen alle Halter von Wohnmobilen in Cadolzburg überprüfen. Mit einem der Fahrzeuge wurde eine Straftat verübt."

Sie starrte mich von unten herauf an und musterte mich einen Moment lang.

„Mein Mann ist einen Meter dreiundachtzig groß, achtzig Kilogramm schwer und hat dunkle relativ kurze, gelockte Haare."

„Volltreffer", dachte ich mir. „Und wo war Ihr Mann heute Nacht zwischen vier und sechs Uhr?"

„Sie haben gerade etwas von zwei Fragen gesagt, das ist inzwischen die dritte."

„Aber auch die letzte", entgegnete ich freundlich.

„Er war in seinem Bett. Gegen halb sechs steht er immer auf und verlässt dann um sechs das Haus."

„Herzlichen Dank, Frau Jordan, das war jetzt alles", sagte ich und wollte ihr über das Gartentor hinweg die Hand reichen. Ein tiefes Knurren erinnerte mich wieder daran, dass da ja noch Paula war, die niemanden etwas zuleide tut. Auch Moni verabschiedete sich mit einem gemurmelten „Auf Wiedersehen", dann stiegen wir wieder in den Wagen.

„Groß und dunkle Locken", sagte ich und Moni antwortete: „Und Leiter."

„Also Volltreffer?", fragte ich.

„Ich glaube eher nicht. Das Wohnmobil sieht nicht so aus, als wäre es heute Nacht bewegt worden. Da liegt überall eine gleichmäßige Staubschicht, sogar auf den Reifen und der Frontscheibe."

„Die Frau hat auch eher einen ahnungslosen und seriösen Eindruck bei mir hinterlassen. Und ich denke, dass auch das Alibi, das sie ihrem Mann für die Tatzeit gegeben hat, keine Erfindung ist. Aber trotzdem sind sie nicht ganz aus dem Rennen", sagte ich zufrieden. Die Resignation der vergangenen Tage war bei mir in Aktionismus umgeschlagen und ich konnte es kaum erwarten, den nächsten Wohnmobilbesitzer auf unserer Liste zu verhören. Moni war schon dabei, die nächste Adresse ins Navi einzugeben, während ich den Wagen aus dem Labyrinth der Kupfergartenstraße heraussteuerte.

Egersdorfer Straße, las ich auf dem Display.

„Denkst du, wir schaffen heute alle?", fragte ich Moni, um mit ihr ins Gespräch zu kommen.

„Keine Ahnung, manche werden erst gegen Abend zu Hause sein. Ich muss aber heute pünktlich Schluss machen, ich habe noch einen Termin."

Der Termin schien etwas Unangenehmes zu sein, sonst hätte sie gesagt, welchen Termin sie hat. Auch der Ausdruck in ihrem Gesicht und die Art, wie sie es sagte, bestätigten mir meinen Eindruck.

„Was hast du denn noch Wichtiges vor", fragte ich neugierig, bekam aber, wie zu erwarten, keine Antwort.

Die Wohnmobile der drei nächsten Besitzer schieden alle aus, da sie keine Leiter hatten. Auch die Besitzer waren entweder nicht lockig, nicht groß oder beides nicht. An der Adresse des fünften Wohnmobiles öffnete eine Frau die Wohnungstür und es zeigte sich, dass diese Alex auch die Besitzerin des Fahrzeuges und mit einer Frau verheiratet war.

„Können wir jetzt ins Präsidium fahren?", fragte Moni, als ich gerade die vorletzte Adresse ins Navi eingeben wollte. Ihr gehetzter Blick auf die Uhr sagte mir, dass es ihr wirklich wichtig war, was auch immer sie vorhatte.

„Ach dein Date", entgegnete ich etwas spöttisch.

„Es ist kein Date", motzte sie aufgebracht. „Und mit deinen Anspielungen entlockst du mir auch nicht, was ich tatsächlich vorhabe."

Auf dem Rückweg nach Fürth ins Präsidium erwischten wir den Feierabendverkehr voll und Moni fluchte leise, als wir endlich in die Tiefgarage hineinfuhren. Ohne noch einmal mit ins Büro zu kommen, verabschiedete sie sich schnell von mir, stieg auf ihr Mountainbike und strampelte die Auffahrt der Tiefgarage hoch. Ich schnappte mir meine Jacke von der Rücksitzbank, schloss den Wagen ab und stapfte die Stufen zum Büro hoch.

Obwohl die Tagschicht schon Dienstschluss hatte, war immer noch viel los im Gebäude. Ziemlich müde vom Tag setzte ich mich auf meinen Bürostuhl, fuhr den Rechner hoch und checkte meine Mails. Danach holte ich mein Handy heraus, zog die Bilder des Tages und meine Notizen auf den Computer und schaute mir noch einmal alles in Ruhe an.

Die Bilder des Toten hatten auf dem Bildschirm etwas von ihrem Schrecken verloren. Ich vermeinte aber trotzdem, den widerlichen Gestank von verbranntem Fleisch wieder in der Nase zu haben. Ich schaute mir den Hinweis auf dem Balken Buchstabe für Buchstabe noch einmal an, wurde aber nicht schlauer daraus. Inzwischen brannten mir die Augen und mein Magen verlangte nach etwas zu essen. Ich rief trotzdem noch einmal das Ehepaar Jordan im Fahndungscomputer auf und durchleuchtete sie kurz. Weder er noch sie war jedoch jemals durch irgendwelche Straftaten auffällig geworden. Daniel Jordan hatte einen Job als Anlageberater in einer Bank und sie arbeitete halbtags in einem Architekturbüro.

Kurze Zeit später, ehrlich gesagt wusste ich nicht genau, wie lange ich völlig weggetreten in den Bildschirm geglotzt und mit offenen Augen geschlafen hatte, klingelte mein Handy.

„Wo bist du?", bluffte mich mein Freund Michael an.

„Was ist los?", wollte ich schon entrüstet fragen, als mir einfiel, dass ich um acht mit ihm zum Squashspielen verabredet war.

„Verdammt, ich bin noch in der Maloche, ich schaffe es nicht Michi", sagte ich mit einem Ton, der sein Mitleid erregen sollte.

„Du Arsch, soll ich alleine spielen, oder was?", motzte er zurück, ohne auf meine Mitleidstour hereinzufallen.

„Tut mir echt leid, Michi, aber Job ist Job und Freizeit kommt halt danach. Ich verspreche dir, das holen wir nach. Und zieh dich schon mal warm an, weil ich dich fertigmachen werde."

„Ein Anruf hätte genügt", sagte er verärgert und legte auf.

„Kacke", schimpfte ich auf mich selbst und warf mein Handy in einen halb vollen Ablagekorb mit unerledigten Papieren.

Ich hasste mich in solchen Momenten, in denen ich über meine Unzulänglichkeiten stolperte und damit Menschen, meistens

Freunde oder Familienmitglieder, verärgerte. Inzwischen hatte ich bereits den Ruf weg, unpünktlich und unzuverlässig zu sein, obwohl es nie mit Absicht passierte, sondern nur durch mein mieses Zeitgefühl, und weil ich Prioritäten falsch setzte.

Der Blick auf meinen Bildschirm lies mich wieder vom Privatmann Bernd Peter zum Kommissar Bernd Peter werden. Ich druckte alle neuen Bilder aus, auch die Informationen über die Jordans und die anderen Wohnmobilbesitzer und klebte sie zu den anderen Informationen an die Pinnwand neben meinem Schreibtisch. Ich überflog noch einmal alles und stand dann mühsam auf. Meine Beine taten weh und mein Kopf fühlte sich an, als würde er gleich wegen Überfüllung platzen. Ich nahm meine Jacke von der Stuhllehne und verschwand aus dem Büro.

Eine halbe Stunde später, ich saß gerade in einem SUBWAY und ließ mir mein Italian B.M.T. schmecken, läutete mein Handy wieder. Genervt kramte ich es aus meiner Hosentasche und betrachtete das Display. Den Mund voller Sub, schob ich den Hörer nach rechts und hielt mir das Ding ans Ohr.

„Moni", fragte ich und meine Stimme klang wahrscheinlich, als hätte ich ein Handtuch im Mund. Statt einer Antwort kam erst einmal nur Stille und dann das Tuten, das mir klarmachte, dass sie aufgelegt hatte.

„Die ruft schon wieder an", dachte ich mir und legte das Handy zur Seite. Ich biss wieder kräftig in mein Cheese-Oregano-Brötchen und schloss für einen Moment die brennenden Augen. Das Bild des Feuerwehrhofes mit den Fahrzeughallen schob sich in meine Gedanken und ich wusste auch wieso. Wir hatten noch nicht die Wohnmobilbesitzer mit den Angehörigen der Feuerwehr abgeglichen. Ich ärgerte mich, weil wir das übersehen hatten, und nahm mir vor, das am nächsten Morgen als Erstes zu tun.

Als ich mit dem Essen fertig war und alles mit einem Mineralwasser hinuntergespült hatte, lehnte ich mich zufrieden und satt zurück und seufzte tief. Jetzt ging es mir wieder besser und mein Kopf gab für den Moment auch etwas Ruhe. Mein Handy hatte sich seit Monis Anruf nicht mehr gemeldet und ich nahm es zur

Hand und wählte ihre Nummer. Es war zwar inzwischen nach zehn, aber sie würde schon noch wach sein.

„Die von Ihnen gewählte Rufnummer ist zurzeit nicht erreichbar, bitte versuchen Sie es später noch einmal."

Ich war etwas überrascht, als ich diese Ansage hörte. Dass Moni ihr Diensthandy abschaltete, hatte ich in unserer langen Zusammenarbeit noch nicht erlebt und es war auch Vorschrift, das Ding Tag und Nacht eingeschaltet zu lassen. „Vielleicht ist ja der Akku leer", dachte ich bei mir und stand auf, um nach Hause zu fahren.

Die schrecklichen Bilder der drei Toten, ein grinsendes und verzerrt lachendes Wohnmobil und ein Riese mit Bob-Marley-Frisur terrorisierten mich in dieser Nacht in einem furchtbaren Traum. Völlig gerädert und klatschnass geschwitzt wachte ich am Morgen auf und war froh, dass der Albtraum zu Ende war.

Dass ich vor Moni im Präsidium war, wie an diesem Tag, kam so gut wie nie vor. Anfangs dachte ich mir jedoch nichts dabei und glich als Erstes die Angehörigen der Freiwilligen Feuerwehr Cadolzburg mit den Besitzern der Wohnmobile ab. Erst konnte ich mein Glück kaum fassen, aber es gab tatsächlich eine Übereinstimmung. Ein gewisser Roland Fuchs war Besitzer eines der Wohnmobile, die noch unerledigt auf unserer Liste standen, und er war auch Brandmeister bei der Feuerwehr. Das schien ein relativ hoher Dienstgrad zu sein, wobei ich mich in der Hierarchie der Feuerwehrleute nicht auskannte.

„Scheint ein Treffer zu sein", dachte ich zufrieden und schielte zum wiederholten Male zu Monis Schreibtisch. Ich wusste, dass sie es nicht leiden konnte, wenn ich ihr hinterherrief und versuchte, sie zu kontrollieren, deshalb nahm ich zwar mein Handy in die Hand, wagte es aber nicht, ihre Nummer zu wählen. „Die wird schon auftauchen", dachte ich mir und stand auf.

Auf dem Weg in die Pathologie, machte ich einen kurzen Abstecher in die Kantine und gönnte mir eine Butterbreze und einen Orangensaft. Als ich dann vor der Tür der Gerichtsmedizin stand, atmete ich noch einige Male kräftig durch und drückte dann die Klinke herunter. Es war wie immer, der Geruch nach Tod, Blut und Sterilisationsflüssigkeit war nicht dazu angetan, dass meine Breze und der O-Saft gerne in meinem Magen blieben. Ich musste ein paarmal kräftig schlucken, um den Würgereflex zu überwinden, dann ging es langsam wieder.

„Hallo Bernd", begrüßte mich die Helferin des Chefpathologen freundlich.

„Guten Morgen, Sandra", grüßte ich zurück und schenkte der dunkelhaarigen Schönheit mein ehrlichstes Lächeln. „Wo ist dein Boss?"

„Der ist noch nicht da. Er kommt immer erst gegen zehn. Dafür bleibt er dann bis in die Puppen – und wo ist dein Schatten?"

„Ich blickte mich erstaunt um, erst dann hatte ich begriffen, dass sie Moni meinte.

„Sie ist auch noch nicht da – außerdem wollte ich mit dir alleine sein", sagte ich mit einem verführerischen Unterton.

„Das ist echt ein toller Ort, um anzubändeln", sagte sie und deutete auf eine Leiche, die mit aufgeschnittenem, blutigem Oberkörper auf einem der Obduktionstische lag. Ich schaute ihr in die rehbraunen Augen und entdeckte darin mehr Belustigung als wirkliches Interesse.

„Also gut, dann heute Abend ein gemeinsames Essen in romantischer Atmosphäre?"

Sie lächelte, blickte aber zu Boden und schien für einen Moment etwas verlegen zu sein. Nur einen Atemzug später hob sie jedoch den Kopf und blickte mir fest in die Augen. Ich brauchte mich nicht zu verstellen, als ich versuchte ihr darin meine ehrlichen Absichten zu signalisieren.

„Also gut, ein Essen."

„Also gut, ein Essen", plapperte ich zurück und dachte sofort an die peinliche Szene aus dem Film Dirty Dancing, als Baby sagte: „Ich habe eine Wassermelone getragen."

Sandra schien das aber nicht so eng zu sehen. Sie ging zu ihrem Schreibtisch und kam kurz darauf mit einem Zettel, auf dem ihre Handynummer stand, zurück und gab ihn mir.

„Ruf mich an!"

„Herr Kommissar?"

Ich erschrak furchtbar und fuhr auf dem Absatz herum.

„Doktor Kanzler!", sagte ich erleichtert und ließ Sandras Zettel in meiner Hosentasche verschwinden.

„Was gibt es", fragte der Arzt in seinem weißen Kittel. Er überragte mich fast um einen Kopf, war schlank und hatte ein scharf geschnittenes Gesicht. Die dunklen Haare zeigten schon tiefe Geheimratsecken und der Mund schien auch bei schlechtester Laune immer zu lächeln.

„Wie sieht es mit der verbrannten Leiche von gestern aus?", fragte ich vorsichtig.

„Übler Anblick", sagte er in seiner wortkargen Art und ging zu seinem Schreibtisch. Sandra hielt sich demonstrativ die Nase zu und verzog ihr Gesicht derart, dass ich fast laut losgeprustet hätte.

„Ähnliche Vorgehensweise wie bei den beiden anderen. Erst mit K.-o.-Tropfen betäubt, dann an das Kreuz gebunden und verbrannt."

„Er hat also noch gelebt, als er verbrannt wurde?", fragte ich erschüttert.

„Ich gehe davon aus", antwortete mir der Arzt zögerlich. „Das Opfer hatte allerdings schwere Gesichtsverletzungen, die wahrscheinlich von den Rohren herrührten, die am Tatort gefunden wurden."

„Was bedeutet das?", fragte ich nach, weil ich mir keinen Reim darauf machen konnte, was vorgefallen war.

„Das bedeutet, dass das Opfer trotz Betäubung vor seinem Tod noch geschlagen wurde – und zwar heftig", sagte Sandra zusammenfassend.

„Was ist das nur für ein krankes Hirn, das so etwas tut?", fragte ich mehr mich selbst.

„Das sollten Sie unsere Profiler fragen", gab der Arzt knapp zurück.

Ich ging über diese Bemerkung jedoch hinweg, weil ich von den Leuten, die andere nur nach ihrem Verhalten einzuschätzen versuchten, nicht wirklich überzeugt war.

„Gibt es Hinweise auf die Identität des Opfers?", fragte ich stattdessen.

„Wir haben eine Gewebeprobe zum DNA-Abgleich ins Labor geschickt, aber noch kein Ergebnis erhalten. Die Fingerabdrücke ergaben keine Treffer."

„Jetzt war ich so schlau wie vorher", dachte ich mir und steckte beide Hände in die Hosentasche. „Aber zumindest um eine Telefonnummer reicher", sinnierte ich weiter, als ich den Zettel in meiner Tasche fühlte.

„Ich brauche das Ergebnis des DNA-Abgleiches dringend, wenn Sie es haben", sagte ich zum Doktor. An Sandra gewandt hielt ich einen imaginären Telefonhörer an mein Ohr und deutete dann lächelnd auf sie, natürlich so, dass es ihr Chef nicht mitbekam.

Ich verabschiedete mich kurz und verließ dann die Pathologie. Als die schwere Tür hinter mir ins Schloss gefallen war, atmete ich erleichtert einige Male durch und marschierte dann die Treppe hoch. In der Wärme, die hier draußen herrschte, hatte ich schnell die kühle Luft in der Grabkammer, wie sie scherzhaft unter Kollegen genannt wurde, vergessen und meine kalte Nase fühlte sich kurz darauf wieder normal an.

Als ich ins Büro kam, war Monis Platz immer noch leer und spätestens jetzt begann ich, mir Sorgen zu machen. Auf einer Tageszeitung, die auf Monis Schreibtisch lag, prangten in großen Lettern die Worte: „SERIENMORD IN SPORCH."

Den Sinn der Worte verstand ich allerdings erst, als ich weiterlas. Haarklein, und ohne ein Detail auszulassen, wurde der Mord am Ochsenschlot erklärt und auch noch einmal auf die beiden vorangegangenen Morde ausführlich eingegangen. Weiterhin wurde auf das neue Museum hingewiesen und auf die Entstehung der Burg in ihren verschiedenen Phasen. Die einzelnen Burgherren waren erwähnt und auch deren Frauen und Nachkommen. Dass der Name Cadolzburg auf einen Grafen und Laienbruder mit dem Namen Kadold zurückzuführen ist, der bereits im achten Jahrhundert ein Kloster in Herrieden gegründet hatte, war mir ebenso neu, wie der Name Sporch, der anscheinend von einigen Einheimischen für ihre Stadt verwendet wurde.

Der Bericht nahm eine halbe Seite auf Blatt eins der Tageszeitung ein und war deutlich weniger reißerisch als der letzte, bei Mord Nummer zwei. Ich legte die Zeitung wieder zusammen und ließ mich in meinen Bürostuhl fallen.

Als die Tür zu Günters Büro aufflog und mein Chef mit schnellen Schritten auf mich zukam, nahm ich eilig eine Akte vom inzwischen wieder angewachsenen Stapel und öffnete sie geschäftig.

„Wo ist Moni?", fuhr er mich an.

„Dir auch einen guten Morgen", entgegnete ich vielleicht etwas zu schnippisch, denn er blickte mich mit zornigen Augen an, als er antwortete: „Lass das, ich bin nicht zum Spaßen aufgelegt – wo ist Moni?"

„Sie wollte wegen unseres Falls noch einmal zur Feuerwehr, um deren Personalliste mit der Liste der Wohnmobilbesitzer abzugleichen", log ich.

„Sie geht nicht an ihr Handy."

„Vielleicht ist ihr Akku leer oder sie ist in einem Funkloch. Kann ich dir helfen?"

„Nein", schloss er das Gespräch genervt und stapfte davon.

„Verdammt Moni, wo bist du?", dachte ich besorgt und stand auf. Ich holte mir den BMW-Schlüssel und rannte fast, als ich in die Tiefgarage ging. Als ich vom Parkplatz rollte, tippte ich noch einmal Monis Nummer ein, bekam aber prompt die gleiche Ansage wie gestern. Ich steuerte den Wagen auf der Erlangener Straße stadtauswärts. Minuten später stand ich vor dem Haus in Mannhof, in dem Moni im zweiten Stock eine schöne Maisonettewohnung hatte. Ich drückte zweimal auf die Klingel neben dem Schild Fröhlich und wartete. Nach einer Minute drückte ich dreimal und wartete wieder. Dann ging ich langsam ums Haus und sah Monis Fahrrad an der hinteren Hauswand lehnen. Wieder an der Haustüre zurück, drückte ich beunruhigt die beiden anderen Glocken. Die wildesten Gedanken und Bilder liefen vor meinem inneren Auge ab. In allen Versionen war Moni auf die übelsten Arten ums Leben gekommen und lag jetzt tot in ihrer Wohnung.

Das Summen des Türöffners riss mich aus meinen Gedanken und ich drückte die halb verglaste Haustüre nach innen auf.

„Wer ist da?", tönte eine heisere Stimme von oben zu mir herunter. Ich wollte nicht gleich die Pferde scheu machen und mich als Polizist ausgeben und rief zurück: „Ich möchte zu Frau Fröhlich, wissen Sie, ob sie zu Hause ist?" Während meiner Worte schloss ich die Tür hinter mir und stieg dann langsam die knarrende, hölzerne Treppe hoch. Ich betrachtete, wie schon so oft, das alte Emailschild mit der Aufschrift „Vorsicht frisch gewachst", das an einer Stufe festgeschraubt war. An der Wohnungstür im ersten Stock erwartete mich eine kleine, dürre Frau in einer viel zu großen Kittelschürze und schaute mich argwöhnisch an. Obwohl ich Moni schon einige Male besucht hatte, war mir die Frau noch nie über den Weg gelaufen.

„Hallo, ich bin ein Kollege von Frau Fröhlich und wollte mich umsehen, ob es ihr gut geht. Wissen Sie, ob sie zu Hause ist?"

Die Frau musterte mich von oben bis unten und schien dann alles für in Ordnung zu befinden, denn sie öffnete die Tür etwas weiter und kam einen Schritt aus der Wohnung heraus. „Gestern Abend hatte sie Besuch", flüsterte die Frau und kam noch einen Schritt weiter auf mich zu. „Ihr Freund war seit Langem wieder einmal da."

In meinem Kopf fing es an, zu rattern. Moni hatte, soviel ich wusste, seit fast einem halben Jahr keinen Freund und hatte auch zu ihrem Ex jeglichen Kontakt abgebrochen. Der hatte sie über Jahre hinweg richtig mies behandelt und die Beziehung endete in einer üblen Schlammschlacht, aus der Moni deutlich selbstbewusster und sichtlich erleichtert hervorging.

„Die haben sich gestern richtig gefetzt – wie in alten Zeiten", erklärte mir die Frau und verzog dabei das faltige, hagere Gesicht zu einer schmerzverzerrten Fratze.

„Ist der Mann noch da?", fragte ich ruhig, obwohl es mich kaum mehr auf der Stelle hielt.

„Er ist heute Morgen sehr früh gegangen – Monika habe ich noch nicht gesehen."

„Danke", sagte ich und hastete die Treppe hoch. Ich klingelte noch einmal und klopfte hart gegen die Tür.

„Moni?", brüllte ich und es war mir egal, ob ich dadurch das ganze Haus zusammenschrie. Ich rüttelte an der Türklinke, aber wie zu erwarten war die Tür abgesperrt. Ich überlegte nur kurz, welche Konsequenzen es haben würde, dann trat ich die Tür einfach ein. Schon beim ersten Versuch platzte das Schloss aus dem Türblatt und die Tür sprang auf und knallte mit voller Wucht gegen die Wand dahinter.

„Moni?", rief ich noch einmal und stürmte in die Wohnung.

Das Wohnzimmer war leer und für Moni ungewohnt unordentlich. Auch in der Küche standen Geschirr und ungespülte Gläser herum. Das Badezimmer war ebenfalls leer und ein blutbeflecktes weißes Handtuch lag auf dem Boden. Mir lief ein eiskalter Schauer über den Rücken und ich musste tief durchatmen, um nicht in Panik zu geraten. Standen bis jetzt alle Türen weit offen, so war die Tür zum Schlafzimmer verschlossen. Kurz überlegte ich, ob ich meine Waffe ziehen sollte, ließ es dann aber sein. Nur meine Rechte legte ich auf den Griff der Waffe, um vorbereitet zu sein. Langsam drückte ich die Klinke der Tür herunter und stieß sie nach innen auf. Ein ersticktes Flehen und ein grässlicher Anblick empfingen mich. Moni lag auf dem Rücken auf ihrem Bett und war vollkommen nackt. Hände und Füße waren an die Bettpfosten gefesselt und ein graues Panzertape war über ihren Mund geklebt. Das weiße Bettzeug hatte überall rote Blutflecken und Monis Körper glänzte an manchen Stellen vor schwarz geronnenem Blut.

„O Gott, Moni", brachte ich mühsam hervor und eilte an ihre Seite. Vorsichtig strich ich ihr das völlig zerzauste Haar aus dem Gesicht und sah die Tränen, die ihr auf beiden Seiten aus den glänzenden Augen über die Wangen liefen. Ich griff die Handfessel auf meiner Seite des Bettes und nestelte an dem Knoten. Das Stromkabel, das zum Fesseln verwendet worden war hatte tief in ihre Handgelenke eingeschnitten und üble Wunden hinterlassen.

„Monika?"

Die Stimme der kleinen Frau kam von der Eingangstür her.

„Rufen Sie einen Sanitäter und die Polizei", rief ich ihr entgegen, um sie draußen zu halten. Monis Augen blickten mich panisch an und sie schüttelte vehement den Kopf und versuchte mir trotz Knebel etwas zu sagen. Ich griff eine lose Ecke des Panzertapes und machte es, wie meine Mutter es immer mit den Pflastern auf meinen aufgeschlagenen Knien gemacht hatte: Ich riss es mit einem Ruck von ihrem Mund. Der Schrei, den sie daraufhin ausstieß, konnte das entsetzliche Geräusch, das entstand, nicht ganz überdecken. Die Haut um ihren Mund färbte sich auf der Stelle knallrot.

„Keine Polizei, mir geht es gut", stammelte Moni. „Halt sie auf!"

Ich schaute meiner Partnerin verständnislos ins Gesicht. Üble Blutergüsse hatten es furchtbar entstellt, aber ihr ging es gut.

„Halt sie auf, Bernd, bitte", flehte sie mich an und ich stand kopfschüttelnd auf und hastete aus der Wohnung und ein Stockwerk tiefer. Die Frau hatte ihre Wohnungstür offen gelassen und wählte gerade an einem altertümlichen orangen Telefon mit Wählscheibe die Notrufnummer. Ich ging zu ihr hin und drückte auf die Gabel.

„Ist schon gut, es sah schlimmer aus, als es ist", sagte ich und versuchte meiner Stimme Ruhe und Autorität zu verleihen. Sie nickte mir zu und ich schenkte ihr ein zuversichtliches Lächeln. Zwei Minuten später stand ich wieder neben meiner Partnerin. Die zertrümmerte Wohnungstür hatte ich wieder notdürftig zugedrückt und ein feuchtes Handtuch aus dem Bad mitgenommen. Es dauerte einen Moment, bis ich das mit Gewalt zugezogene Kabel der ersten Hand gelöst hatte. Ich nahm vorsichtig den Arm mit der schon etwas blau angelaufenen Hand und legte ihn achtsam neben Moni auf das Bett.

„Danke", flüsterte sie mit einem tiefen Seufzer. Die zweite Hand und beide Füße waren ebenso schwierig zu befreien wie die erste. Schließlich lag sie da, die Beine fest übereinandergeschlagen und weinte bitterlich. Ich hob die zerknüllte Bettdecke vom Boden auf und zog sie sanft über sie.

„Was ist passiert?"

Während ich auf eine Antwort wartete, versuchte ich vorsichtig, mit dem feuchten Tuch das geronnene Blut aus ihrem Gesicht zu wischen. Noch immer liefen die Tränen in Strömen über ihre Wangen und ein Schluchzer folgte dem nächsten.

„Danke, Bernd", schluchzte sie, schlang beide Arme um meinen Hals und zog mich heftig zu sich hinunter.

Sie roch nach Blut und nach Wein und drückte mir die Luft ab.

„Ist schon gut, Hübsche, das wird schon wieder", sagte ich sanft und zuversichtlich.

„Ich muss duschen", entgegnete sie angewidert und entließ mich aus ihrem Schwitzkasten. Mühsam und mit schmerzverzerrtem Gesicht schwang sie die Beine aus dem Bett und setzte sich auf. Die Tränen liefen jetzt über ihre Wangen zum Kinn und tropften auf ihre nackten Brüste. Ärgerlich wischte sie sich übers Gesicht und zog kräftig die Nase hoch.

„Soll ich nicht doch einen Arzt rufen?", fragte ich sorgenvoll, als sie sich mit zusammengebissenen Zähnen die malträtierten Handgelenke massierte.

„Ich bin nicht krank." Ihre Stimme klang wieder fester, wie die der unerschütterlichen Moni, die ich kannte.

Der erste Versuch aufzustehen misslang. Ihre Füße waren nicht bereit ihr Gewicht zu tragen. Es brauchte noch drei Versuche und etwas Unterstützung von mir, bis sie schließlich mit vorsichtigen, kleinen Schritten, an meiner Hand in Richtung Bad tappte.

„Soll ich hierbleiben?", fragte ich, als sie schließlich vor dem Spiegel stand und sich am Waschbecken abstützte.

„Es geht schon", sagte sie und der Anflug eines Lächelns huschte kurz über ihr Gesicht.

„Ich bin draußen", sagte ich und schloss die Badezimmertür hinter mir.

Kurz darauf hörte ich das Wasser in der Dusche laufen und ging zurück ins Schlafzimmer. Ohne darüber nachzudenken, zog ich das Bett ab, holte frisches Bettzeug aus dem Schrank und überzog es neu. Ihre Klamotten, die überall verteilt auf dem Fußboden herumlagen, stopfte ich in den Wäschekorb zu der verdreckten Bettwäsche. Dann zog ich den Kleiderschrank auf, nahm Unterwäsche, einen Pullover und eine Jeans heraus. In einer Kommode fand ich noch ein Paar Socken und einen BH. Mit dem Klamottenstapel bewaffnet ging ich zum Bad, öffnete die Tür vorsichtig und legte, ohne einen Blick auf die Duschkabine zu wagen, die Kleider auf den Klodeckel. Auf dem Rückweg zur Tür riskierte ich dann doch einen Blick, sah aber nur ihren Rücken, denn sie hatte den Kopf gegen die Wand gelegt und ließ sich das heiße Wasser über den Rücken laufen.

Ich schloss die Tür wieder leise hinter mir und ging in die Küche. Auf dem Boden lag Monis zertretenes Handy. Ich hob es auf und legte die Trümmer auf die Arbeitsfläche.

Zehn Minuten später hatte ich Kaffee gekocht und ein kleines Frühstück auf dem Esstisch im Wohnzimmer zurechtgemacht. Das Geräusch des laufenden Wassers war inzwischen durch das Dröhnen des Föhns abgelöst worden. Es dauerte aber noch eine ganze Weile, bis ich schließlich die Tür hörte. Ihre Schritte tappten erst zum Schlafzimmer, hielten kurz an der Küche und kamen dann zu mir ins Wohnzimmer. Auch hier hatte ich etwas Ordnung gemacht und saß jetzt am Frühstückstisch und blickte ihr besorgt entgegen.

„Guten Morgen", sagte ich knapp und achtete auf ihre Reaktion.

Sie lächelte mich an, kam zu mir und drückte mir einen Kuss ins Haar.

„Guten Morgen – und danke." Das letzte Wort brachte sie kaum heraus. Es kam so tief aus ihrer Seele, dass es alles enthielt, was ein Mensch an Gefühl und Dankbarkeit nur ausdrücken konnte.

„Gerne geschehen", sagte ich. „Frühstück!" Ich machte eine Geste über den Esstisch und sie setzte sich mir gegenüber.

„Das könntest du jeden Morgen machen. Wohnung aufräumen, Kaffee kochen und vielleicht noch Wäsche waschen." Sie grinste mich an, während ich ihr Kaffee eingoss – nur Milch, kein Zucker, das wusste ich. Dann genossen wir schweigend das Frühstück.

Ich wollte zwar immer noch wissen, wer ihr das angetan hatte, ließ ihr aber Zeit es von sich aus zu sagen.

Als wir mit dem Essen fertig waren, saß sie da, mit der Kaffeetasse zwischen ihren Händen, so als müsse sie sich irgendwo festhalten.

„Du solltest dich bei Günter melden, der hat heute schon öfters versucht dich anzurufen." Ich entsperrte mein Handy und hielt es ihr hin. „Du warst heute schon in Cadolzburg und hast die Angehörigen der Feuerwehr mit unserer Wohnmobilliste abgeglichen", sagte ich, bevor sie fragen konnte, was sie Günter für eine Lüge auftischen konnte.

Sie sah mich erst stirnrunzelnd an, dann begriff sie und formte mit ihrem Mund ein leises „Danke".

Das Gespräch dauerte nicht lange, schien aber vonseiten unseres Chefs sehr emotional geführt worden zu sein.

„Sein Chef und die hohe Politik machen ihm Druck wegen einem halbseitigen Bericht auf der Titelseite der Zeitung. Jetzt ist er zufrieden, denn jetzt haben wir beide den schwarzen Peter zugeschoben bekommen." Sie reichte mir mein Handy und wollte beginnen, den Tisch abzuräumen.

„Wer war das, Moni?", fragte ich doch noch einmal eindringlich. Sie stand bereits, schaute mich aus ihren graublauen Augen abwägend an und setzte sich dann wieder. Ihre Hände schlossen sich abermals um die leere Tasse und sie starrte hinein, als lägen alle Lösungen für die Probleme der Welt darin verborgen.

„Es war Horst."

„Dieses elende Dreckschwein", fuhr es mir zornig heraus, und sie schaute mich ausdruckslos an.

„Ich war selbst schuld. Wahrscheinlich habe ich ihn ermutigt. Und der Wein tat ein Übriges. Ich war einsam, Bernd, und es war irgendwie so vertraut mit ihm. Dass es natürlich wieder in einem Kampf endet und ich, wie schon so oft, die Leidtragende bin, hatte ich mir so nicht vorgestellt."

„Hat er dich vergewaltigt?"

„Nein, ich wollte es", sagte sie fast verteidigend. „Dass er natürlich so austickt und mich zusammenschlägt und fesselt, das wollte ich sicherlich nicht."

Jetzt war ich es, der aufstand und begann den Frühstückstisch abzuräumen. Sie half mir und kurz darauf standen wir vor der Wohnungstür mit dem zertrümmerten Türschloss.

„Ging das nicht etwas sanfter?"

„Leider nein."

Ich zog die Tür zu und wir gingen zum Auto. Moni hatte noch ihre Collegejacke von der Garderobe genommen und setzte sich jetzt schweigend auf den Beifahrersitz. Obwohl sie mit Make-up viele ihrer Blessuren im Gesicht abdecken konnte, leuchtete das Auge schon deutlich blau unter der Maske hervor.

„Ich habe die Feuerwehrleute mit unserer Wohnmobilliste abgeglichen und einen Treffer erhalten", sagte ich, um das Thema Exfreund endgültig abzuhaken.

„Und?"

Ich gab ihr mein Handy und sagte: „Und dem statten wir jetzt einen Besuch ab – such mal die Adresse heraus."

„Schmidt oder Gräbner?"

„Gräbner."

Sie tippte die Adresse ins Navi, während ich bereits stadteinwärts fuhr. Wir brauchten fast eine halbe Stunde, bis die freundliche Dame im Navigationsgerät endlich „Sie haben Ihr Ziel erreicht" sagte. Wir standen vor einer Autowerkstatt mit einem offenen Rolltor an einer kleinen Halle. Ein türkisfarbener Ami stand auf einer Hebebühne und ein Mann in blauem Monteuroverall stand darunter und hatte beide Arme in die Eingeweide des Motors gestreckt. Eigentlich war der Overall nicht mehr blau, sondern von oben bis unten mit Öl und Dreck verschmiert. Das alles hatte ich bereits im Auto wahrgenommen und stieg jetzt aus dem Wagen. Der Amischlitten war echt imposant und sah von oben bis unten wie geleckt aus.

„Herr Gräbner?", rief ich in die Halle und wartete auf eine Reaktion.

„Wer will das wissen?"

„Kripo Fürth, mein Name ist Bernd Peter und das ist meine Kollegin Monika Fröhlich."

Einen Moment später ertönte ein metallisches Krachen, als ein Werkzeug mit Schwung in den fahrbaren Werkzeugkasten befördert wurde. Die schwarzen Hände, die dann auf uns zukamen, gehörten zu einem stämmigen und großen Mann, dessen Kopf in einer grauen Strickmütze steckte.

„Ich war's nicht", sagte er mit einem schmutzverschmierten Grinsen im Gesicht. Das Einzige, was an diesem Typen anscheinend wirklich sauber war, waren seine makellosen, schneeweißen Zähne, in die Moni sofort verliebt war. Zumindest nahm ich das an, nachdem sie mit einem Leuchten in den Augen eine widerspenstige Haarsträhne aufreizend hinter ihr Ohr gestrichen hatte.

„Sie sind Besitzer eines Wohnmobiles?", fragte ich.

„Jaa", antwortete er lang gezogen, ohne die Frage anscheinend richtig einordnen zu können.

„Und Sie sind Mitglied der Freiwilligen Feuerwehr in Cadolzburg?"

Wieder bekamen wir ein „Jaa" und wieder konnte er anscheinend keinen Zusammenhang herstellen.

„Könnten wir das Wohnmobil bitte sehen?", fragte Moni.

Der Schrauber musterte Monis entstelltes Gesicht und blickte sie fragend an.

„Der andere sieht viel schlimmer aus", sagte meine Partnerin selbstbewusst lächelnd und kam damit einer unangenehmen Frage zuvor.

„Wohnmobil – klar", erwiderte der Feuerwehrmann lässig. „Steht um die Ecke." Er marschierte los, kramte nervös in der Hosentasche und zog einen Autoschlüssel daraus hervor. Ganz sauber kam mir der Typ nicht vor, und damit meinte ich nicht den Dreck, der jeden Quadratzentimeter seiner Kleidung und seines Körpers bedeckte.

Es war nicht eine, sondern zwei Hausecken, um die wir gehen mussten, dann standen wir vor einem Wohnmobil, das heißt, wir standen dahinter und hatten einen direkten Blick auf die Leiter am Heck. Ich schaute Moni zufrieden an und erntete einen sorgenvollen und wachsamen Blick.

„Herr Gräbner, wo waren Sie in der Nacht von vorgestern auf gestern?", fragte ich ernsthaft.

„Um was geht es eigentlich?"

„Es geht um drei Mordfälle, in denen Sie derzeit der Hauptverdächtige sind", sagte Moni scharf.

Es sah nicht gespielt aus, als dem Mann vor Schreck die dreckigen Züge in seinem Gesicht entglitten. Er zog sich seine Mütze vom Kopf, als wäre sie von einer Sekunde zur nächsten zu eng geworden. Eine dunkle lockige Haarpracht kam zu Tage und ein wie mit dem Lineal gezogener Rand trennte das verdreckte Gesicht von der sauberen Haut oberhalb der Stirn.

Er überlegte und schien etwas zu brauchen, bis der Vorwurf in all seiner Konsequenz bei ihm angekommen war.

„Ich war in der Wache und dann mit den Jungs noch etwas trinken. Danach habe ich mir zu Hause noch einen Film reingezogen und mich dann hingehauen." Er überlegte noch einmal kurz, dann nickte er, als würde er seine Aussage für richtig befinden. „Geht es um die Morde auf der Burg?"

„Genau, darum geht es. Bei zwei Tatorten wurde ein großer Mann mit dunklen Locken und ein Wohnmobil wie dieses beobachtet", sagte ich. „Außerdem wurde beim zweiten Mord eine Feuerwehrausrüstung benötigt, zu der Sie wohl Zugriff hatten – es sieht verdammt schlecht für Sie aus, wenn Sie nicht für alle drei Tatnächte ein gutes Alibi haben."

„Hören Sie, ich bin ein Schrauber mit einer kleinen Werkstatt – und ich engagiere mich für das Gemeinwohl und bin Mitglied der Freiwilligen Feuerwehr – ich bin kein Mörder – welches Motiv sollte ich haben – das gibt doch keinen Sinn." Seine Stimme war fast flehend, und wenn die Mütze in seinen beiden Händen ein Lebewesen gewesen wäre, dann hätte es jetzt keinen heilen Knochen mehr im Leibe gehabt.

Meine Erfahrung mit Menschen sagte mir, dass uns der Typ seine Verzweiflung nicht vorspielte. Die Fakten sagten jedoch etwas anderes. Dass ein krankes Gehirn, wie es unser Täter haben musste, in der Lage war, uns eine glaubhafte Story zu präsentieren, davon mussten wir außerdem ausgehen.

„Dürfen wir uns Ihr Wohnmobil, Ihre Werkstatt und Ihre Wohnung einmal etwas genauer ansehen?", fragte Moni.

„Bitte, tut euch keinen Zwang an", sagte er und schien froh und sicher, dass ihn das nicht belasten würde.

Er wollte Moni den Autoschlüssel in die Hand geben, zuckte jedoch zurück, als sie ihren Arm ausstreckte und ihr lädiertes und blau angelaufenes Handgelenk unter der Jacke hervorglitt.

„Das sieht ja übel aus!", sagte er und gab ihr den Schlüssel dann doch.

„Halb so wild", sagte Moni und zog ihren Jackenärmel weiter über die Wunde.

„Hat sich das schon ein Arzt angesehen?", fragte der Schrauber sorgenvoll.

„Es geht hier nicht um mich, sondern um Sie", fuhr Moni ihn an.

„Schon gut, ich meine ja nur."

Es dauerte eine halbe Stunde, bis wir das Wohnmobil auseinandergenommen hatten. Wir fanden aber nicht den geringsten Hinweis, der auf einen der drei Morde hingewiesen hätte.

Die kleine Werkstatt war von oben bis unten zugemüllt und ließ auch keinen Schluss darauf zu, dass der Besitzer hier drei Morde geplant und vorbereitet hatte. Die Zweizimmerwohnung des Typen, die gleich über der Werkstatt lag, sah nicht viel besser aus als unten. Eine typische Junggesellenwohnung, wie sie mir auch gefallen hätte. Am faszinierendsten fand ich den großen Billardtisch, den Meister Gräbner anscheinend auch als Bett missbrauchte. Den halbierten, bestimmt einen Meter durchmessenden Baumstamm, der an einer Wand befestigt war und offenbar als Ziel zum Messer- und Beilwerfen verwendet wurde, fand ich auch eine Superidee.

Ich wollte schon fragen, ob ich mit den Messern und kleinen Wurfbeilen, die im Holz steckten, ein paar Probewürfe machen könnte, als Moni mir einen vernichtenden Blick zuwarf. Sie kannte mich einfach zu gut und wusste, was mir gefällt.

„Bitte kommen Sie morgen zu uns aufs Revier", sagte sie und drückte dem Schrauber zögerlich eine Visitenkarte in seine schwarzen Hände. „Wir brauchen Ihre Aussage und wenn möglich Angaben dazu, was Sie in den Tatnächten gemacht haben – wenn möglich natürlich mit Zeugen, die Ihr Alibi bestätigen können."

Der Lockenkopf nickte nur zustimmend und hob kurz die Hand, um uns zu verabschieden.

„Was hältst du von ihm?", fragte ich Moni, als wir wieder im Auto saßen.

„Schwer zu sagen – mein Bauchgefühl sagt mir, dass er unschuldig ist – wenn aber so viele Indizien wie auf keinen anderen der Verdächtigen zutreffen, dann können wir nicht auf mein Gefühl vertrauen."

„Du hast recht, wir sehen uns jetzt den letzten Wohnmobilbesitzer an und entscheiden dann, wie es weitergeht."

„Schmidt heißt der Letzte auf der Liste und die Adresse ist direkt am Marktplatz."

Ich startete den Motor und lenkte ihn in Richtung Marktplatz. Dieses Mal brauchte ich kein Navigationsgerät, denn inzwischen kannte ich mich in diesem Ort ganz gut aus.

Marktplatz Nummer 10 stellte sich als der Buchladen heraus, vor dem ich schon gestanden hatte und der genau am Eingang zur Burg lag. Ich stellte den Wagen vor dem Laden ab, obwohl dort Parkverbot war, und ließ Monis strafenden Blick über mich ergehen.

„Wir sind gleich wieder weg", sagte ich entschuldigend und betrat den Laden.

Ich könnte nicht sagen, was es ist, aber ein Buchladen hat für mich immer etwas Beruhigendes und Stilles. Fast wie in einer Kirche senkt man automatisch etwas die Stimme und man gibt sich auch Mühe, leise aufzutreten und sich nicht zu hastig zu bewegen.

Auf den ersten Blick war niemand zu sehen und ich konnte mich in Ruhe umsehen. Eine weiße Stuckdecke ließ den Raum größer erscheinen, als er war, und der helle Holzfußboden passte sehr gut zu den geschmackvollen Bücherregalen, die die Wände bedeckten. Es war ein Laden, der die Detailverliebtheit und Ordentlichkeit einer Frau ausstrahlte. Und es war offensichtlich ein Bücherladen, der nicht nur Mainstream-Autoren beherbergte, sondern durchaus auch ausgewählte und nicht so bekannte Titel und Schreiber aus der Region.

„Guten Tag", die Stimme kam aus einer Ecke, die anscheinend zu einem Nebenraum führte. Ein mittelgroßer, auf den ersten Blick etwas esoterisch anmutender Mann mit Lockenkopf und Strickjacke kam auf uns zu und fragte: „Wie kann ich Ihnen helfen?"

„Herr Schmidt?", fragte Moni.

„Der bin ich", sagte der Mann und eine kleine Sorgenfalte zeigte sich quer auf seiner Stirn.

Ich stellte uns vor und erklärte dem Mann, weshalb wir hier waren.

„Ja, wir haben ein Wohnmobil, aber es steht bei uns zu Hause in Feucht."

„Es ist aber auf diese Adresse zugelassen", sagte ich fragend.

„Ja, wir haben es als Geschäftsauto laufen", sagte der Buchhändler und sein Gesicht lief dabei etwas rot an, so als wäre er bei einer schlimmen Straftat ertappt worden.

„Und wer ist wir?", fragte Moni nach.

„Meine Lebensgefährtin und ich."

„Der ist völlig harmlos", dachte ich mir. „Das schlimmste Verbrechen, das der jemals begangen hat, ist wahrscheinlich, hemmungsloses Rülpsen im Keller."

„Hat Ihr Wohnmobil eine Leiter am Heck?", fragte Moni weiter. „Und ist es weiß?"

„Es ist weiß – vielleicht eher hellbeige, aber eine Leiter hat es ganz sicher nicht – es sind ja schreckliche Morde, die hier ganz in unserer Nähe passiert sind. Man hat ja inzwischen Angst, auf die Straße zu gehen. Haben Sie schon einen Verdächtigen?"

„Bei laufenden Ermittlungen können wir leider keine Auskünfte erteilen", sagte Moni und fügte gleich die obligatorische und immer unangenehme Frage an: „Wo waren Sie in der Nacht von vorgestern auf gestern, Herr Schmidt?"

Er schien von der Frage nicht schockiert zu sein. Der Buchhändler überlegte einen Moment und antwortete dann: „Nach dem Laden bin ich mit Kollegen vom Bund Naturschutz in den Reichswald gefahren. Dort haben wir neue Fledermauskästen aufgehängt und alte gereinigt. Danach war ich mit Lydia zu Hause."

„Lydia ist Ihre Lebensgefährtin?"

Er nickte.

„Das war schon alles, Herr Schmidt", sagte ich und wandte mich zum Gehen. „Das heißt, eine Frage hätte ich doch noch. Ich ging wieder zurück und trat ganz dicht an ihn heran. So konnte ich auch die kleinen Schweißtropfen auf seiner Stirn sehen und den Anflug von schlechtem Gewissen, der sich in seinen Augen spiegelte.

„Wer würde wohl von diesen Morden profitieren?"

Er schaute mich an, als hätte er die Frage nicht verstanden, und ging dann einen kleinen Schritt rückwärts.

„Wie meinen Sie das?"

„Ich meine es so, wie ich es gesagt habe. Welches Motiv könnte es geben, anscheinend wahllos ausgesuchte Personen auf einer Burg bestialisch zu ermorden?"

Er blickte mich weiter völlig ratlos an und ich ging noch einen Schritt weiter zurück: „Könnte es sexuelle Motivation sein? Wird der Typ geil und geht ihm einer ab, wenn er Menschen hinrichtet? Oder ist es einfach nur ein feiger Schlappschwanz, der sich hinter der Anonymität versteckt, weil er keine Eier in der Hose hat?"

Nur kurz sah ich Zorn in seinen Augen aufblitzen, dann hatte er sich wieder unter Kontrolle.

„Die Hinweise an den Tatorten sprechen aber auch von einer gewissen Intelligenz und Schläue", begehrte er auf.

„Was sollen uns denn diese Hinweise sagen?", fragte ich, um ihn weiter aus der Reserve zu locken.

„Und woher wissen Sie von den Hinweisen? Davon stand bisher nichts in der Zeitung", schoss Moni hinterher.

Wie ein kleiner Junge, der beim Lügen erwischt wurde, wurde er verlegen, sank etwas zusammen und trat abwechselnd von einem Bein auf das andere.

„Ich bin einer der Burgführer und habe von den Hinweisen durch Herrn Kleinlein von der Schlösserverwaltung erfahren", sagte er kleinlaut und wirkte danach sichtlich erleichtert.

„Und wann wollten Sie uns sagen, dass Sie einer der Führer sind?", hakte Moni nach.

„Ich habe es Ihnen doch gerade gesagt – außerdem haben sie ja nicht danach gefragt." Jetzt hatte er anscheinend seine Fassung wieder zurückgewonnen und stand mit durchgedrücktem Rücken selbstbewusst vor mir.

„Wird es auch noch Führungen geben, wenn das Museum im Juni eröffnet wird?"

„Ja, dann gibt es auch wieder Führungen in der Burg. Derzeit kann die innere Burg nicht betreten werden und die Führungen finden nur im Hof und außen an der Burg statt."

„Die Morde sind also auch eine gute Publicity für das Museum?", fragte Moni den Buchhändler. „Und davon profitieren natürlich auch Sie und die anderen Führer – oder?"

Statt einer Antwort zog der Mann nur unschlüssig die Schultern hoch.

Für mich war die Frage von Moni jedoch ein Hinweis, den ich noch nicht in meiner Rechnung hatte. Sollte das Ganze wirklich eine perverse Art von Public Relations sein, um mehr Besucher in das Museum zu locken? Meine erste Theorie, die Morde sollten genau das Gegenteil bewirken, nämlich die Leute in Angst und Schrecken versetzen und von der Burg fernhalten, wäre dadurch natürlich hinfällig geworden.

Die Führer hätten Tatorte, über die sie grausige Geschichten erzählen konnten, um die Besucher zu faszinieren. Leere Gemäuer ohne spektakuläre Geschichten wären den Menschen mit

Sicherheit nicht genug, zumindest wenn ich das Ganze aus meiner Sicht betrachtete.

„Ich denke, wir sind fertig", sagte ich und reichte dem Buchhändler meine Hand.

Schwitzig und kalt erwiderte er drucklos den Handschlag und seufzte erleichtert auf.

Als die Ladentüre hinter uns ins Schloss fiel, inhalierte ich erst einmal zwei tiefe Atemzüge der kühlen Luft in meine Lungen. Die Anspannung der Befragung fiel dadurch etwas von mir ab und ich glotzte noch einige Augenblicke in die schön dekorierten Schaufenster des Buchladens. Nicht nur Bücher waren darin präsentiert, sondern auch kleine Kunstwerke aus Metall, die anscheinend auch zum Verkauf standen. Es dauerte eine Weile, bis mein Gehirn einen Zusammenhang hergestellt hatte, aber dann riss ich bewusst heftig noch einmal die Ladentüre auf, sodass die kleinen Glocken über der Tür sich fast überschlugen, und trat in den Laden.

Der Ladenbesitzer war gerade dabei, wieder in den Nebenraum zu verschwinden, als ich nicht nur wortwörtlich, sondern auch mit meiner Frage mit der Tür ins Haus fiel: „Machen Sie die Metallkunstwerke selbst?"

Der Mann kam langsam und mit eingezogenen Schultern wieder zurück, runzelte die Stirn fragend und sagte dann: „Nein, die sind von einem befreundeten Kunstschmied – der stellt sie nur bei uns im Laden aus und bekommt das Geld, wenn wir eines davon verkauft haben."

„Wie heißt der Mann und wo hat er seine Werkstatt?", fragte ich etwas zu scharf und zog mein Handy heraus, um mir den Namen und die Adresse zu notieren.

Fünf Minuten später stieg ich zu Moni ins Auto und erzählte ihr von dem Kunstschmied und meinem Schluss, dass daher vielleicht unser Amboss vom zweiten Fall herstammen könnte.

„Kluger Junge", sagte meine Partnerin und tätschelte lobend meinen Oberschenkel. Dass sie dabei ihr lädiertes Handgelenk vergessen hatte, konnte ich an ihrem schmerzverzerrten Gesicht erkennen. Jetzt noch einmal von einem Arzt anzufangen, wusste ich, hatte bei ihrer Sturheit aber genauso wenig Sinn wie heute Morgen.

Wollen wir uns den Schmied gleich einmal ansehen oder fahren wir ins Präsidium?", fragte ich meine Beifahrerin.

„Ich möchte das Präsidium möglichst vermeiden, solange ich so aussehe." Sie deutete dabei auf ihr verunstaltetes Gesicht.

„Das wird aber etwas dauern. Vielleicht legst du dir einfach eine dieser Sechzigerjahre-Sonnenbrillen zu, die das halbe Gesicht verdecken, dann muss ich dich auch nicht länger so ertragen."

Sie schenkte mir einen genervten Blick und sagte: „Außerdem brauche ich ein Handy!"

Mir waren ihre rastlosen Hände schon den ganzen Vormittag aufgefallen, ich hatte das aber eher als Auswirkung ihrer Auseinandersetzung mit dem Ex interpretiert und nicht als Entzugserscheinungen ihrer Handysucht.

Ich drückte ihr mein Handy mit der Adresse des Schmiedes in die Hand und sagte: „Hier, zur Beruhigung - da steht die Adresse des Schmiedes, bitte gib sie ins Navi ein."

Wieder verzog sie das Gesicht und murmelte: „Depp", dann tippte sie die Adresse ein.

„Das hätten wir auch laufen können", sagte ich, als wir kurz darauf in den Hof der Schmiede fuhren und ich anhielt.

„Ist gar nicht so klein", sagte Moni und sah sich im Hof um.

Anscheinend hatte uns schon jemand bemerkt. Ein Mann, ich schätzte ihn auf Mitte vierzig, kam aus einer Werkstatt auf uns zu und wischte sich seine Hände an einem verdreckten Lappen sauber. Er war relativ klein, bestimmt zwei Fingerbreit kleiner als ich, hatte aber kräftige Schultern und in der Relation zum restlichen Körper riesige Hände. Er trug eine blaue Latzhose und ein kariertes Hemd. Trotz der grauen Schirmmütze, die er trug, konnte man erkennen, dass von einer einst dichten Haarpracht nur noch ein kurz geschnittener, lichter Kranz übrig geblieben war.

Das rot gefleckte Gesicht zeigte ein gewinnendes Lächeln, als er uns begrüßte und sich vorstellte.

Ich stellte auch Moni und mich vor und erklärte ihm, ohne auf Details einzugehen, weshalb wir hier waren.

„Geht Ihnen vielleicht ein Amboss ab?", fragte ich und hielt ihm mein Handy mit dem Bild des Ambosses hin.

„Schönes altes Teil", schwärmte er und gab mir mein Telefon zurück. „Den hätte ich gerne – aber der ist viel zu schade, um darauf zu arbeiten – das Ding gehört eher in ein Museum."

„Haben Sie diesen Amboss schon einmal gesehen?", fragte Moni und deutete auf mein Handy.

„Ich denke nicht", entgegnete der Schmied unsicher – zumindest ist es nicht meiner – und aus der Gegend kommt er wahrscheinlich auch nicht."

„Sie haben uns sehr geholfen", log ich und gab ihm die Hand.

„Das hätte doch einmal ein Treffer sein können", stöhnte ich später frustriert, als wir wieder im Wagen saßen.

„Handyladen", antwortete sie nur einsilbig.

„Ist schon gut."

Ich fuhr zurück auf die Straße, allerdings nach rechts, und sah nach einigen Metern den riesigen Aussichtsturm, an dem wir auf unserem Weg nach Steinbach schon einmal vorbeigekommen waren.

„Das Ding heißt Bleistift bei den Einheimischen", sagte ich zu Moni und deutete auf den Turm mit dem charakteristischen Spitzdach. „Der ist aber nicht aus dem Mittelalter, sondern wurde erst später von der Eisenbahngesellschaft als Touristenattraktion erbaut", tat ich mein im Internet erworbenes Wissen kund.

Der einzige Kommentar von Moni war allerdings: „Klugscheißer – Handyladen."

Ich fuhr zurück nach Fürth zu einem großen Elektronikmarkt in der Nähe des Präsidiums. Moni war schnell fertig. Sie kaufte das gleiche Telefon, das sie gehabt hatte, und wir fuhren zu ihr nach Hause, um die SIM-Karte des alten Handys zu holen. Auch wenn sie es eilig hatte, wieder ein funktionierendes Telefon zu haben, fuhr ich in ein Drive-in, das am Weg lag, und bestellte uns ein opulentes, aber wenig gesundes und schon gar nicht nahrhaftes Essen.

Später saßen wir an Monis Esstisch vor einem gewaltigen Haufen Verpackungen und ich zog mir einen leckeren Burger und Pommes rein. Moni hantierte mit ihrem alten und neuen Handy herum und war sichtlich zufrieden, als das Display des neuen anging und mein Telefon klingelte, als sie es probehalber anwählte. Dann hängte sie es ans Ladegerät und steckte es in die Steckdose.

„Jetzt muss ich nur noch an meine ganzen Kontakte herankommen und alle Apps herunterladen, die ich auf dem alten Smartphone hatte", sagte sie und griff beherzt in die Tüte mit den Burgern.

Schweigend aßen wir, bis auch der letzte Krümel vertilgt war. Ich schob alle Verpackungen zusammen in eine Tüte, stand auf und ließ mich drei Schritte weiter, schwer auf die Couch fallen. Moni lachte und trug die Tüte mit dem Abfall in die Küche.

Ich war schon halb weggedöst als ich die Wohnungstür hörte, die immer noch kein neues Schloss hatte.

„Hallo Schaatz", klang eine vertraute, sonore Männerstimme lang gezogen durch die Wohnung.

Von einer Sekunde zur nächsten war ich hellwach und rannte zum Flur.

„Horst", sagte ich zornig und fixierte den Mann, der gerade dabei war, die Wohnungstür hinter sich wieder anzulehnen. Moni kam hastig aus der Küche und stand dann zwischen uns.

„Was willst du noch hier", raunte sie ihn an.

„Aber Schatz, begrüßt man so seinen Freund, wenn er erschöpft von der Arbeit nach Hause kommt?"

„Du bist nicht mein Freund – und jetzt verpiss dich", fuhr sie ihn abfällig an.

„Aber Schatz, nach dieser geilen Nacht ist doch wieder alles in Ordnung zwischen uns – wir gehören doch zusammen!"

„Horst, du solltest jetzt gehen!", sagte ich und versuchte meiner Stimme etwas Bedrohliches zu geben.

„Sieh mal an, der kleine Bernd", sagte er, als würde er mit einem Kleinkind sprechen. „Du hast sie wohl befreit? – Oder hast du sie vorher noch gefickt?"

Ich merkte, wie mir der Kamm schwoll. Der Arsch war es zwar nicht wert, dass ich meinen Job aufs Spiel setzte, aber irgendwo muss ja mal Schluss sein. Ich ging drei Schritte auf ihn zu und war fast an Monis Seite. Auch der Hüne kam mir entgegen und grinste weiter unverschämt. Er war groß, eher verdammt groß. Ehrlich gesagt hatte ich ihn nicht so groß und breitschultrig in Erinnerung.

„Hört auf", fuhr Moni uns an, die genau sah, was kommen würde. Ich zog meine Waffe und legte sie auf das Garderobenschränkchen, neben dem ich gerade stand. Für einen Moment schien er erschrocken und war stehen geblieben. Als die Waffe lag, grinste er jedoch wieder und ging weiter. Moni trat ihm in den Weg und drosch ihm ihre Fäuste in den Bauch. Wie einer lästigen Fliege verpasste er ihr eine schallende Ohrfeige mit der Rückhand und Moni schlug krachend gegen die Wand des Flures und ging bewusstlos zu Boden.

„Misch dich nicht ein, Schatz, wenn Männer sich unterhalten", zischte er mit einer Stimme, die mir die Nackenhaare zu Berge stehen ließ. Ich musste meinen Kopf in den Nacken legen, um ihm ins Gesicht blicken zu können, als er vor mir anhielt und knackend seine Hände zu Fäusten ballte.

„Verlass diese Wohnung und du lebst weiter!", sagte er provozierend und machte einen Schritt zur Seite, um mich durchzulassen.

Ich wusste, dass ich mich nicht auf einen langen Schlagabtausch einlassen konnte. Da würde ich mit Sicherheit den Kürzeren ziehen. Ich musste etwas in die Trickkiste greifen, um ihn mit ein bis zwei guten Treffern außer Gefecht zu setzen. Schon in der Polizei-Grundausbildung lernt man, sich nicht auf wilde Schlägereien einzulassen, sondern einen schnellen Erfolg mit Wirkungstreffern zu suchen.

Ich verzog das Gesicht und hob abwehrend die Hände, als würde ich mich auf seinen Vorschlag einlassen. Machte zwei Schritte und legte alle meine Kraft in einen Schlag mit dem Ellbogen auf seinen Solar Plexus. Mit einer Gewandtheit, die ich dem Riesen nicht zugetraut hätte, wich er im letzten Moment aus und ich traf nur seinen linken Rippenbogen. Ein übler Schlag mit seiner Faust traf mich als Konter hinter dem linken Ohr und knockte mich fast aus. Von der Wucht des Treffers stolperte ich vorwärts und konnte mich gerade noch an der Wand abfangen, um nicht zu Boden zu gehen.

Als ich mich wieder mit dröhnendem Kopf und etwas verschwommener Sicht umdrehte, blickte ich in die Mündung meiner eigenen Waffe.

„Blöder Fehler", hauchte Horst und ich gab ihm widerwillig recht.

„Feiger Schlappschwanz, würde ich eher sagen." Ich verschränkte meine Arme vor der Brust und grinste ihn herausfordernd an.

Er lachte und legte zu meiner Beruhigung die Pistole wieder auf das Schränkchen.

„Dich zertrete ich wie eine Fliege", sagte er und schlug seine rechte Faust in die offene linke Hand.

Ich drehte mich etwas zur Seite, stellte mein linkes Bein ein Stück nach vorne und verlagerte fast mein gesamtes Gewicht darauf. Dann hob ich beide Fäuste zur Abwehr vor mein Gesicht und machte die Geste, die Bruce Lee weltberühmt gemacht hatte. Ich winkte ihn mit der rechten Hand zu mir und grinste ihn dabei süffisant an.

Der Koloss ließ sich nicht ein zweites Mal bitten und stürmte wie ein Bulle mit gesenktem Kopf und Gebrüll auf mich zu. Es fiel mir echt schwer, nicht die Beine in die Hand zu nehmen und zu verduften. Ich wusste, dass ich mich nicht auf einen Nahkampf einlassen konnte. Dabei würde er mich zerquetschen wie eine Zitrone. Als er fast in Reichweite war, zog ich mit dem rechten Bein voll durch und erwischte ihn genau da, wo es wirklich weh tut. Sein Schwung reichte jedoch, um mich zu packen und im Fallen mitzureißen. Schwer schlug ich mit dem Kopf auf dem Dielenboden und sein massiger Körper drückte mich wie eine Flunder zusammen. Ein grässliches Stöhnen entfuhr seiner Kehle und ich mühte mich ab, ihn von mir herunter zu bekommen. Er richtete sich auf und kniete mit einem schmerzverzerrten

Gesicht über mir. Dabei saß er auf meinen Oberschenkeln und machte mich damit so gut wie bewegungslos. Einen Schwinger seiner Rechten sah ich nicht kommen und er schlug wie eine Bombe in meinem Kinn ein. Das Krachen, das dabei zu hören war, war entweder das Brechen meines Kiefers oder einer seiner Fingerknochen. Ich war nur kurz weggetreten, aber es reichte ihm, mir mit der Linken einen zweiten, nicht ganz so üblen Schlag zu verpassen.

Ich spürte förmlich wie Adrenalin in meine Blutbahnen schoss. Ich blickte in seine siegessicheren und vor Brutalität glänzenden Augen. Er hatte sich zu mir gebeugt, atmete schwer und sein Sabber tropfte mir auf die Brust. Seine Rechte holte zum nächsten Schlag aus und ich wusste, dass danach für mich der Vorhang zugehen würde. Mit letzter Kraftanstrengung nahm ich mich zusammen, ballte meine rechte Faust und drosch sie ihm auf den offen vor mir liegenden Kehlkopf.

Riesige Augen starrten mich ungläubig an und ein animalisches Keuchen drang aus seinem geöffneten Rachen. Beide Hände fuhren an seinen Hals und keuchend schnappte er nach Luft. Bevor er vornüberkippte, rutschte ich etwas zur Seite und sein Kopf traf nicht mich, sondern den harten Dielenboden. Ich brauchte ein paar Sekunden, bis ich unter ihm hervorgekrochen war. Dann stand ich etwas schwankend neben ihm und blickte ihm ungerührt in die flehenden Augen. Da er nicht völlig ausgeknockt war und sich gerade wieder aufrichten wollte, nahm ich meine Dienstwaffe vom Schränkchen und zog sie ihm krachend über den Hinterkopf. Das dumpfe Poltern, das ertönte, als er zu Boden ging, war das letzte Geräusch für einen langen Moment, in dem ich versuchte mich zu sortieren und wieder richtig zu mir zu kommen.

Ich wusste nicht, wie lange der Riese brauchte, um den Schlag zu verdauen und sich wieder aufzurappeln, deshalb kümmerte ich mich erst um ihn und danach um Moni.

Sie lag komisch verdreht auf dem Boden und ich trug sie zum Sofa im Wohnzimmer. Dann holte ich ein nasses Handtuch aus dem Badezimmer und tupfte ihr vorsichtig die übel aufgeplatzte

Wange ab. Komischerweise blutete es kaum. Die Beule an ihrer Stirn kam wahrscheinlich vom Aufprall an der Flurwand und schien immer noch zu wachsen. Ich eilte in die Küche und zog eine Packung gefrorener Erbsen aus dem Kühlfach und drückte sie ihr auf die fast hühnereigroße Schwellung. Die Kälte holte sie aus der Ohnmacht. Ein Schwinger ihrer Rechten traf mich fast am Ohr und ich musste ihre Hände festhalten, bis sie wieder ganz bei Sinnen war.

„Du bekommst wohl gar nicht genug", sagte ich aufmunternd und half ihr sich aufzurichten.

„O, Gott, wie siehst du denn aus?", fragte sie und glotzte mich ungläubig an. „Als hätte dich ein Laster überrollt."

Jetzt, wo sie es sagte, kam mir langsam zu Bewusstsein, dass mein Gesicht ein einziger Schmerz war. Das heißt nicht nur mein Gesicht, sondern mein ganzer Kopf. Ich ließ mich neben sie auf die Couch fallen und schloss die Augen. Eigentlich schloss ich nur das linke, denn das rechte war fast vollkommen zugeschwollen.

„Was ist mit Horst?", fragte Moni ängstlich.

„Im Schlafzimmer", entgegnete ich platt und ohne die Augen zu öffnen.

Ich spürte, wie sie sich mühevoll erhob und aus dem Zimmer ging. Eine Minute später fiel sie wieder wie ein Stein auf das Sofa und fragte: „Wie hast du das geschafft?"

Ich wusste es selbst nicht, deshalb sagte ich gar nichts und gab mich meinen Schmerzen hin.

„Soll ich dich ins Krankenhaus fahren?", fragte sie kurz darauf. Wobei ich nicht wirklich wusste, wie viel Zeit vergangen war. Ich befand mich in einem Dämmerzustand, ohne wirklich zu schlafen, aber auch ohne wirklich wach zu sein. Ich merkte, wie sich Moni über mich beugte, um meine Wunden zu untersuchen, und erschrak fast etwas, als sie mir die kalten Erbsen an den Hinterkopf hielt. Mühevoll zwang ich mein linkes Auge auf, und versuchte ein Grinsen zustande zu bekommen. Das endete jedoch in einem stechenden Schmerz in meinem linken Kiefergelenk.

„Du siehst echt scheiße aus – es tut mir leid, Bernd."

Nachdem sie es das zweite Mal gesagt hatte, wollte ich mich auch von der Richtigkeit überzeugen und stand nach zwei vergeblichen Versuchen mühevoll auf. Aus dem Spiegel im Badezimmer glotzte mich etwas an, das anscheinend zwölf Runden Schwergewichtsboxkampf hinter sich hatte. Ich wandte mich erschrocken ab, ging zur Badewanne und kniete mich davor. Dann nahm ich den Duschschlauch, drehte den Kaltwasserhahn voll auf, beugte mich über die Wanne und ließ mir den Strahl über den Hinterkopf laufen. Während ich beobachtete, wie sich am Wannenboden rote Schlieren mit dem klaren Wasser vermischten und zusammen im Ablauf verschwanden, vertrieb die Kälte etwas den Schmerz und meine Benommenheit. Erst als nur noch klares Wasser in die Wanne floss und mein Gehirn schon fast eingefroren war, drehte ich den Hahn zu und hängte den Duschschlauch wieder an seinen Platz. Moni gab mir fürsorglich ein Handtuch und ich legte es mir um den Hals.

„Was machen wir jetzt mit dem Typ?", fragte ich und meine Stimme klang irgendwie anders als sonst. Mein Kiefer tat beim Sprechen weh und meine Zunge fühlte sich geschwollen an.

Wir gingen zusammen ins Schlafzimmer, wo Horst an Händen und Füßen gefesselt, vollkommen nackt in Monis Bett lag. Aus seiner Nase über dem zugetapten Mund schnaubte er verächtlich und seine Blicke schienen Funken zu versprühen. Während er verbissen an den strammen Elektrokabeln zerrte, wackelte sein ansehnlicher Schwanz lustig hin und her.

„Soll ich die Kollegen rufen?", fragte ich Moni. „Oder soll ich ihn erschießen, weil wir ihn bei einem Einbruch erwischt haben?" Ich zog meine Waffe aus dem Holster an meinem Gürtel und lud durch. Von einer Sekunde zur nächsten lag er still und sein Blick wurde panisch, während er den Kopf weinend hin und her schüttelte. Seine gemurmelten Worte konnte und wollte ich nicht verstehen.

„Erschieß ihn!", sagte Moni kalt, drehte sich weg und hielt sich die Ohren zu.

Das Gesicht des Riesen war eine verzerrte Maske, als ich ihn wieder anblickte. Ich hob meine Waffe und er schloss die Augen so fest, dass eine Welle an Tränen beiderseits ins Laken floss.

Moni trat an ihn heran, riss mit einem Ruck das Tape von seinem Mund und fragte mit erotisch gehauchter Stimme, ganz dicht an seinem Ohr: „Willst du sterben, Horst?"

„Er schüttelte so heftig den Kopf, dass seine Halswirbel krachten. „Nein!", stammelte er.

„Wirst du jemals wieder in meinem Leben auftauchen?"

Wieder schüttelte er den Kopf.

Moni richtete sich auf und blickte ihren Ex mit einem vernichtenden Blick an. Dann beugte sie sich wieder ein Stück vor und gab ihm eine schallende Ohrfeige, dass sein Kopf zur Seite gerissen wurde.

Sie verließ kurz das Schlafzimmer, um Sekunden später wieder mit ihrem Handy aufzutauchen. Sie machte ein paar Fotos, speziell auch von seinem Geschlechtsteil und dem roten Handabdruck, der sich auf Horsts Wange abzeichnete, dann ging sie wieder.

Ich steckte meine Waffe weg und löste eine seiner Handfesseln.

„Wenn du in einer Minute nicht verdammt leise und friedlich von hier verschwunden bist, dann knall ich dich doch noch ab, Horsti."

Er war erst nach zwei Minuten verschwunden, aber ich ließ es ihm durchgehen.

„Denkst Du er kommt noch einmal wieder?", fragte ich Moni.

Sie hatte sich inzwischen die Wunde an der Backe mit einem Pflaster zusammengezogen und saß gemütlich auf dem Sofa.

„Ich hoffe nicht – zutrauen würde ich es ihm allerdings schon."

„Du solltest auf jeden Fall schleunigst die Wohnungstüre reparieren lassen!"

„Wir sollten uns schleunigst um unseren Fall kümmern", entgegnete sie schuldbewusst.

„Allerdings", murmelte ich und schaute auf die Uhr auf meinem Handy. „Wieder ein Tag vorbei und nichts erreicht, verdammt." Ich ging ins Wohnzimmer, lies mich erschöpft auf die

Couch fallen und schloss die Augen. Mein Gesicht war ein einziger Schmerz und ich brauchte jetzt dringend etwas Ruhe.

Die Ruhe lies mir meine Partnerin und ich erwachte eine Stunde später. Mühsam richtete ich mich auf und sagte: „Ich fahr am Heimweg noch im Präsidium vorbei und lass mich kurz dort sehen. Kümmere du dich um deine Tür und morgen früh sehen wir uns dann im Büro."

„Alles klar." Sie stand auf und brachte mich zur Tür. „Und danke, Bernd!"

„Kein Ding", sagte ich und strich ihr flüchtig über den Oberarm.

Im Büro wartete eine gewaltige Latte an Mails auf mich und einige blöde Kommentare von Kollegen über meine Verletzungen. Ich ging weder auf die Kommentare ein noch las ich die Mails. Den Bericht der Gerichtsmedizin über unser verbranntes Opfer zog ich mir allerdings noch im Detail rein. Die meisten Befunde hatte mir der Pathologe Dr. Kanzler ja schon persönlich mitgeteilt. Der DNA-Abgleich hatte, wie zu erwarten, keinen Treffer gebracht und die Identität des Opfers war immer noch nicht geklärt. Ein Detail hatte mir weder Sandra noch der Doktor gesagt.

„Verdammt, Sandra", dachte ich und schaute hektisch auf meine Uhr. Es war nach acht und sicherlich hatte sie den ganzen Tag auf meinen Anruf gewartet. „Verdammt", murmelte ich und ärgerte mich über meine Vergesslichkeit. Ich griff in meine Hosentasche und suchte nach dem Zettel mit Sandras Nummer, aber da war nichts. „Verdammter Idiot." Das Fluchen machte es zwar nicht besser, und die Kollegen drehten sich auch schon genervt nach mir um, aber irgendwie musste mein Frust ja raus. Ich knallte mein Handy auf den Tisch und griff mir wieder die Akte.

Das Detail, das mir weder der Doktor noch Sandra mitgeteilt hatten, war eine Tätowierung. Es war auch ein Bild von der Tätowierung in der Akte. Und augenscheinlich war die alles andere als alltäglich. Es waren zwei Reihen chinesische oder japanische Schriftzeichen, die rechts und links der Wirbelsäule den ganzen Rücken von den Schultern bis zum Steißbein bedeckten. Was die Schriftzeichen bedeuteten, stand in dem Bericht allerdings nicht. Ich löste das Bild vorsichtig aus der Akte und verließ das Büro. Das Herausfinden, was die Zeichen bedeuteten, nahm ich mir noch als Fleißaufgabe für den Rest des Abends vor. Die Zeit, die ich mit Monis Ex verplempert hatte, wollte ich damit wieder etwas hereinholen und vielleicht brachten die Zeichen einen Hinweis auf die Identität des Opfers oder zumindest auf die des Tätowierers.

Der Chinese in der Schwabacher Straße lag direkt an meinem Heimweg. Nachdem das verspätete Mittagessen nicht lange vorgehalten hatte, setzte ich mich doch an einen Tisch in dem Restaurant und fragte mehrere der Angestellten, welche Bedeutung die Zeichen der Tätowierung hatten. Doch keiner konnte mir die Frage beantworten. Ich bestellte mir ein Gericht mit Ente und ein Wasser und legte der hübschen Bedienung das Bild hin, als sie mein Getränk brachte.

„Entschuldigen Sie, sind das chinesische Schriftzeichen?"

Sie nahm das Bild in die Hand und betrachtete es genauer. Die Perspektive war nicht optimal und die Beleuchtung war auch schlecht. Aber anscheinend konnte sie die Zeichen zum größten Teil lesen.

„Das hat kein Chinese tätowiert", sagte sie mit einer sehr hohen Stimme und einem niedlichen Dialekt.

„Woran sehen Sie das?"

„Die Zeichen sind unvollständig und schlecht ausgeführt. So würde kein Chinese schreiben."

„Können Sie es trotzdem lesen?"

„Es ist ein Name – ein deutscher Name – das deutsche Alphabet ist aber schwierig eins zu eins ins chinesische zu übersetzen. Ich würde vermuten, dass die linke Seite Johann und die rechte Kolb oder Kalb heißen soll."

„Herzlichen Dank", sagte ich begeistert. „Das hilft mir echt weiter." Ich nahm ihre zierliche Hand und drückte sie dankbar. Sie zog sie allerdings schüchtern zurück, verbeugte sich kurz und verschwand dann in den Tiefen des Restaurants. Mein Essen brachte mir kurz darauf eine andere Bedienung.

Johann Kolb oder Kalb, tippte ich mir als Notiz in mein Handy und machte mich dann über das leckere Essen her.

Der nächste Tag begann mit einem Spießrutenlaufen für Moni und mich. Mein Gesicht und auch die Beule an meinem Hinterkopf waren deutlich angeschwollen, mein linker Unterkiefer und mein rechtes Auge waren großflächig blau, grün und gelb gefleckt. Moni hatte tatsächlich irgendwo eine Riesensonnenbrille aufgetrieben, das Pflaster an ihrem Wangenknochen wurde davon allerdings auch nicht verdeckt. Wir machten uns einen Spaß daraus, die Verletzungen auf eine Schlägerei zwischen uns beiden zu schieben, und verkrümelten uns dann an unsere Schreibtische. Ich warf Moni das Bild der Tätowierung zu, weil sie gerade die Akte der Obduktion studierte.

„Das ist Chinesisch. Die linke Seite heißt Johann und die rechte entweder Kolb oder Kalb. So viel habe ich gestern noch beim Chinesen herausbekommen."

Ich tippte Johann Kolb, Cadolzburg in den Fahndungscomputer und bekam einen Treffer. Bei Johann Kalb jedoch nicht.

Ich notierte mir die Adresse und sagte zu Moni: „Vielleicht ist das ja ein Treffer. Zeit wird es, dass wir etwas vorweisen können."

Als hätte Günter diesen Satz gehört, schallte seine Stimme durch das Großraumbüro: „Peter, Fröhlich, zu mir ins Büro!"

Mit verdrehten Augen sah Moni mich an, setzte ihre Sonnenbrille auf die Nase und stand auf.

„Was haben Sie?", fragte unser Chef und blätterte dabei in einer Akte vor sich. Er hatte uns keinen Platz angeboten und mit Sie angesprochen. Das war immer ein schlechtes Zeichen. Wenn er seine Autorität heraushängen ließ, war es das Beste, den Rücken krumm zu machen und ihm in allen Belangen zuzustimmen. Da Moni das nicht wirklich konnte, übernahm ich unsere Verteidigung.

„Es läuft gut, Günter, wir sind kurz davor, die Identität des dritten Opfers herauszufinden, außerdem haben wir mit einem Feuerwehrmann und einem Buchhändler zwei dringend Tatverdächtige. Es fehlen uns nur noch ein paar Puzzleteile, dann können wir einen Haftbefehl beantragen."

Günter blickte auf, erst sah er mir ins Gesicht und seine Miene verfinsterte sich etwas, dann sah er Monis Riesenbrille und ihre Wunden und zog die Stirn noch heftiger in Falten.

„Was ist mit euch passiert?", fragte er und ich wusste, dass wir ihm die Geschichte mit der gemeinsamen Schlägerei nicht auftischen konnten und sollten.

„Warum habt ihr den Scheißtyp nicht hoppsgenommen?", fragte er, als wir mit der wahren Geschichte fertig waren.

„Moni wollte nicht vor Gericht und schon gar nicht von der Presse durch den Kakao gezogen werden", antwortete ich kleinlaut.

„Und wenn er wiederkommt?", fragte unser Chef besorgt.

„Dann leg ich ihn um", antwortete Moni schnell und eiskalt.

Günter blickte sie halb erstaunt und halb bewundernd an und nickte nur.

„Ich will eine Verhaftung", sagte er darauf und wir wussten beide, dass er nicht von Horst sprach.

„Wir sind dran", versprach jetzt auch Moni, obwohl auch sie meine gespielte Zuversicht für fehl am Platze hielt. Günters Blick senkte sich wieder auf seine Akte und er murmelte nur noch: „Das war's."

Leise aufatmend drehten wir uns um und gingen zur Tür.

„Eins noch, Bernd", rief er mir hinterher und ich hielt inne und drehte mich wieder zu ihm.

„Ich komme gleich", sagte ich zu Moni und sie verließ Günters Büro alleine.

„Kommt ihr Typ wieder?", fragte er mich eindringlich und sichtlich besorgt. Ich ging langsam und unschlüssig auf seinen Schreibtisch zu.

„Ich weiß es nicht – ich weiß es wirklich nicht, Günter", antwortete ich stockend und blickte auf meine Schuhspitzen.

„Lass sie nicht aus den Augen – und macht keinen Unsinn. Der Typ ist es nicht wert, dass ihr euer Leben wegwerft."

„Ich weiß", sagte ich und hob meinen Blick, um in sein besorgtes Gesicht zu blicken. „Ich pass auf sie auf – versprochen."
Dass dieses Versprechen nicht einfach zu halten war, wusste ich bereits, als ich das Büro verließ und Moni nicht an ihrem Schreibtisch saß.

Ich tippte kurz darauf den Namen Johann Kolb ins Online-Telefonbuch und wählte dann die Nummer des Festnetzanschlusses, der mir angezeigt wurde.

Nach dem sechsten Klingeln kam die Ansage des Automaten: „Hier ist der Anrufbeantworter von Johann Kolb, ich bin derzeit nicht zu erreichen. Bitte hinterlassen Sie eine Nachricht nach dem Piep. Ich rufe Sie so schnell wie möglich zurück."

„Hier ist Kommissar Bernd Peter von der Kriminalpolizei Fürth. Bitte rufen sie mich unter folgender Nummer zurück." Ich nannte noch meine Handynummer und legte dann auf.

Mein Bauchgefühl sagte mir, dass dieser Johann Kolb nie mehr irgendjemanden zurückrufen würde.

Ich legte meinen Kopf auf beide Hände, stützte die Ellbogen auf dem Schreibtisch ab und schloss für einen Moment die Augen. Dann drehte ich meinen Stuhl und starrte auf unsere Tafel mit den Informationen und Bildern des Falls. Ich griff mir den Edding und das Foto der Tätowierung. Das Foto pinnte ich an und unter die Namen der ersten beiden Toten schrieb ich Johann Kolb. Daneben noch den Namen des Autoschraubers und etwas kleiner den des Buchhändlers. Dann setzte ich mich wieder auf meinen Bürostuhl, lehnte mich entspannt zurück und überflog die Wand noch einmal in allen Einzelheiten. Schlauer wurde ich allerdings davon nicht. In diesem Detail, wusste ich, unterschied ich mich deutlich von Fernsehermittlern. Die konnten aus den kleinsten Hinweisen auf Zusammenhänge und Vorgänge schließen, sodass ich schon oft, in meiner Berufsehre gekränkt, genervt den Kasten ausgeschalten hatte.

Ich griff mein Handy und tippte in WhatsApp: „Wo bist du?" Als Nachricht an Moni ein.

„Frühstücken", kam kurz darauf als Antwort.

„Mit Sandra", kam hinterher und ein Emoji mit einem zornigen Gesicht.

Ich schloss die Augen. Sandra hatte ich schon wieder total vergessen und ehrlich gesagt hatte ich jetzt auch keinen Bock, auf sie und Moni zusammenzutreffen.

„Ich spreche noch einmal mit dem Buchhändler", schrieb ich zurück und stand auf. Zügig ging ich in die Tiefgarage. Ich wollte weg sein, bevor Moni auf den Gedanken kam, mitzukommen. Hier auf dem Revier war sie gut aufgehoben und in Sicherheit vor ihrem Ex. Nachdem ich wusste, dass der Bücherladen erst um elf Uhr öffnete, fuhr ich noch schnell zu einem Supermarkt ‚um fürs anstehende Wochenende einzukaufen. Ich lud bewusst vernünftige Sachen wie Obst, Gemüse und Fisch in meinen Wagen. Das ungesunde und unregelmäßige Essen unter der Woche konnte ich damit zwar nicht ausgleichen, aber mein Körper würde es mir sicherlich danken, auch mal wieder vernünftige Nahrung zu bekommen. Den Kasten mit Spezi, der schon den Weg in meinen Einkaufswagen gefunden hatte, stellte ich dann schweren Herzens doch wieder zurück und lud dafür einen Kasten Mineralwasser ein. An der Backtheke holte ich noch ein paar Körnersemmeln und für sofort eine leckere Apfeltasche.

Später saß ich im Auto, hatte die Einkäufe im Kofferraum verstaut und biss genüsslich in die vor Zucker klebende Apfeltasche.

Kurz nach elf parkte ich den Wagen wieder vor dem Bücherladen. Ich stieg aus und putzte mir die klebrigen Krümel der Apfeltasche von Hose und Hemd. Dann ging ich vorsichtig, um die Glocken über der Tür nicht zu sehr in Bewegung zu setzen, in den Laden hinein.

In einer kleinen Sitzecke mit einem runden Bistrotisch und zwei alten Gartenklappstühlen saß eine Frau und las einem kleinen Mädchen, das ihr gegenübersaß, aus einem Buch vor. Ich nickte kurz zur Begrüßung, als die Frau kurz aufsah und mich über ihren Brillenrand hinweg betrachtete.

„Herr Kommissar?" Die Stimme des Buchhändlers zerriss die Stille, obwohl sie nicht wirklich laut war.

„Guten Morgen Herr Schmidt", sagte ich und ging auf ihn zu. „Ich hätte da noch ein paar Fragen an Sie. Können wir irgendwo unter vier Augen reden?"

Er schaute sich kurz um und sagte: „Das Büro ist verdammt klein, was halten Sie von einer persönlichen Burgführung?"

Ich war erstaunt von dem Vorschlag, entschied aber nach einem Augenblick des Zögerns, dass mich die Geschichte der Burg auch persönlich interessierte.

„Gute Idee", sagte ich lächelnd.

Er verschwand kurz im Hinterzimmer und kam dann mit einer Jacke und einigen einlaminierten Bildern in der Hand wieder.

„Lydia, ich zeige dem Kommissar die Burg."

Die Frau blickte nur kurz auf und nickte zustimmend. Das Mädchen hingegen warf uns einen genervten Blick zu, da die Geschichte schon wieder unterbrochen wurde.

Sehr professionell und mit viel Hintergrundwissen ausgestattet zeigte mir der Buchhändler die Außenanlagen der Burg. Die Innenräume durften noch nicht betreten werden, obwohl die Renovierungsarbeiten in weiten Teilen der Burg bereits fertig waren.

Ich erfuhr von der Gründung der Burg, die auf das neunte bis zehnte Jahrhundert zurückreichte, und von einem Grenzgrafen namens Kadold aus dem Kloster Herrieden, auf dessen Namen der Name Cadolzburg zurückgehen sollte. Er erzählte mir von den Zollern, die später zu den Hohenzollern wurden und die Burg ab dem dreizehnten Jahrhundert bewohnten. Von Regenten, bei denen jeder zweite Friedrich und jede dritte Frau Elisabeth hieß. Von Grafen, Markgrafen und Kurfürsten, die später den Kaiser wählten. Er zeigte mir Wappen neben den Eingangstoren, auf denen die einzelnen Herrscherfamilien mir ihren Symbolen abgebildet waren. Ein Relief zeigte die Judensau, ein Schmähbild, das vermutlich der Bevölkerung dazu diente, Druck abzulassen, wenn mal wieder die Abgaben erhöht wurden. Ich sah die Frühform einer Toilette, ein kleiner Erker in einer Sandsteinwand, der mit einem Loch im Boden versehen war. Und sah, nachdem wir die Burg fast zur Gänze umrundet hatten, den Grehiedl, der angeblich in der Burgmauer eingemauert wurde und als kleine Sandsteinfigur abgebildet war. Als wir wieder im Burghof angekommen waren, zeigte mir der Führer noch seine Bilder aus dem Innern der Burg und des Schlosses und ich konnte mir den Prunk aus früherer Zeit und die imposanten Räume gut vorstellen.

Fast eine Stunde waren wir unterwegs gewesen und mir taten die Füße vom Bergauf- und -abgehen jetzt heftig weh.

„Das war interessant", sagte ich zum Buchhändler, als wir wieder vor seinem Laden standen.

„Der Mörder hat sich immer spektakuläre und geschichtsträchtige Orte ausgesucht. Was denken Sie, wo der nächste Mord stattfindet?"

„Sie meinen", er stockte. „Sie meinen wirklich, dass die Morde noch weitergehen?" Seine Stimme klang abgehakt und unsicher.

„Ich denke schon. Außer wir kommen ihm zuvor und sehen den nächsten seiner Schritte voraus."

Er blickte mich nachdenklich an. Ich spürte, wie er in Gedanken durch die Räume der Burg schritt und nach einem Ort suchte, der in seinen Augen etwas Besonders an sich hatte.

„Echt schwer zu sagen – es gibt so viele Stellen in der Burg – besonders jetzt, wo schon fast alle fertig sind, die einen geschichtlichen Hintergrund haben und wirklich sehenswert sind."

„Wenn ich es richtig deute", sagte ich und hatte dabei im Hinterkopf, dass der Mörder ja vielleicht vor mir stand. „Dann hat sich der Mörder von außen nach innen bewegt. Mit dem ersten Mord am Brusela hat er die weitläufige Burganlage betreten. Der zweite Tatort lag, mit der Pferdeschwemme, schon innerhalb der Vorburg und der dritte im inneren Burghof. Konsequent wäre es jetzt, wenn der nächste Mord innerhalb des neuen Schlosses läge und ein weiterer im alten Teil der Burg."

Der Buchhändler musterte mich misstrauisch.

„Wollen Sie meine nächste Tat beeinflussen, oder bin ich aus dem Kreis der Verdächtigen raus?"

Ich hatte einen intelligenten Mann vor mir, das war mir schon bei unserem ersten Besuch aufgefallen. Vielleicht ein bisschen verschroben, aber durchaus in der Kategorie intellektuell anzusiedeln. Dass ich damit aber auch einen ernsthaften Gegner vor mir hatte, war mir durchaus bewusst.

„Ganz raus sind Sie noch nicht", sagte ich und versuchte die Situation mit einem freundlichen Lächeln zu entspannen.

„Dachte ich mir", sagte er und rollte dabei die Fotografien aus dem Innern der Burg zu einer Rolle zusammen, die in seine Jackentasche passte. „Ich würde zwar bei mir kein Motiv finden, aber die Indizien sprechen eindeutig gegen mich."

„Gut, dann will ich Sie nicht länger von ihrer Arbeit abhalten", sagte ich, reichte ihm die Hand und ging zum Wagen.

„Passt so", sagte ich und ging zum Wagen.

Ich hatte die Fahrertür bereits offen, als ein Streifenwagen neben mich fuhr und anhielt. Beide Polizisten stiegen aus und kamen schnurstracks auf mich zu.

Einer hatte schon einen Block gezückt und sprach mich an: „Sie wissen, dass Sie hier im absoluten Halteverbot parken?"

„Das weiß ich, Kollegen. Ich bin dienstlich unterwegs." Ich zog meinen Dienstausweis aus der Tasche und klappte ihn vor ihm auf.

„Entschuldigung, Herr Kommissar. Wir sind angehalten, auf verdächtige Personen rund um die Burg zu achten – die Mordserie – Sie wissen? Die Streifenintervalle wurden auch verdoppelt und wir kurven nur noch hier herum."

„Sie brauchen sich nicht zu entschuldigen, ihr tut ja nur eure Pflicht", sagte ich und stieg endgültig ein. Mein Smartphone lag noch auf dem Beifahrersitz. Ich hatte aber weder verpasste Anrufe noch irgendwelche Nachrichten. Ich suchte mir die Notiz mit der Adresse von Johann Kolb und tippte sie ins Navi ein. Zwei Kilometer bis zum Ziel, zeigte es mir an und ich fuhr los.

„Sie sind am Ziel", sagte die freundliche Stimme aus dem Automaten, als ich später, in einer Sackgasse, das Ende erreichte. Der kleine Wendeplatz war zwar nicht zum Parken gedacht, ich stellte den Wagen aber trotzdem halb auf den Gehsteig. Nachdem die Häuser hier alle hinter ausladenden Hecken versteckt waren, dauerte es eine Weile, bis ich die Hausnummer in einem kleinen Stichweg fand. Das niedrige Gartentor stand offen, was mir aber nicht ungewöhnlich vorkam. Ich ging die paar Schritte zur Haustür und klingelte. Nachdem sich auch beim zweiten Läuten nichts rührte, ging ich in den Garten und umrundete das Haus. Auf der Terrasse legte ich die Hände an die Scheibe und versuchte einen Blick ins Innere zu erhaschen, aber dort zeigte sich nichts, was auf eine Straftat hinwies. Ich verlies das Grundstück und ging zum Nachbarhaus. Auch hier wurde auf mein Klingeln nicht geöffnet. Noch ein Haus weiter das gleiche Phänomen.

„Die sind alle erst wieder abends zu Hause", dachte ich und notierte mir die Namen und die zugehörigen Hausnummern.

Irgendwie zufrieden, obwohl ich nicht viel erfahren hatte, fuhr ich zurück ins Präsidium. In der Tiefgarage lud ich die Einkäufe in mein Auto und stapfte dann mit verspannten Waden hoch in mein Büro. Ich hatte mir schon morgens geschworen, heute mal pünktlich Schluss zu machen und mir ein ruhiges Wochenende zu gönnen. Wie ich das mit der Aufsicht von Moni regelte, das wusste ich noch nicht. Auf jeden Fall konnte und wollte ich ihr nicht zwei Tage auf der Pelle hocken.

„Hallo Bernd." Ich war so in meine Gedanken vertieft gewesen, dass ich Sandra erst sah, als sie mir auf der Treppe nach oben entgegenkam und mich ansprach.

„Hallo, Sandra", stammelte ich verlegen und hielt an, als wir auf der gleichen Stufe standen.

„Ich", setzte ich zu einer Entschuldigung an. Sie hob jedoch lächelnd die Hände und sagte: „Moni hat mir alles erzählt. Dich hat es ja übel erwischt." Sie fuhr mir zärtlich mit der Hand über mein blaues, immer noch leicht verschwollenes Auge.

„Unkraut vergeht nicht", sagte ich verlegen. „Wie sieht es heute bei dir aus?"

„Willst du dich so in die Öffentlichkeit wagen?", fragte sie skeptisch.

„Wenn es dir nicht peinlich ist, so mit mir wegzugehen? Ich kann aber auch etwas für uns kochen." Ich bereute meinen Vorschlag schon, als ich ihn ausgesprochen hatte. Wenn ich an den Zustand meiner Wohnung dachte und an die Arbeit, die mir bevorstand, um sie auf Vordermann zu bringen, hatte ich jetzt schon keinen Bock mehr.

„Du kannst kochen? Das ist eine gute Idee. Ich komm morgen um acht." Kaum hatte sie das gesagt, als sie auch schon verschwunden war.

„Depp", schimpfte ich mich in Gedanken selbst und stapfte die restlichen Stufen zu unserem Büro nach oben.

Moni saß an ihrem Schreibtisch und ich ließ mich schwer auf meinen Stuhl fallen. Ich berichtete ihr mit wenigen Sätzen, was ich getrieben und herausgefunden hatte, und wartete dann auf einen Kommentar ihrerseits.

Sie sagte jedoch nichts und überflog weiter die Blätter einer Akte.

„Was treibst du am Wochenende?", fragte ich sie unverfänglich.

„Ich fahr zu meiner Mutter und lass mich von ihr verwöhnen. Ansonsten werde ich einfach nur meine Wunden lecken und schlafen", antwortete sie und ihre Stimme klang müde und kraftlos.

„Gute Idee", sagte ich zustimmend. „Ich werde heute auch mal pünktlich abhauen und zwei Tage nur chillen. Übrigens danke, dass du bei Sandra die Wogen für mich geglättet hast."

Sie hob den Kopf und schaute mir hart ins Gesicht.

„Du hast eine Verabredung mit ihr und willst deshalb früher gehen. Und du willst nicht das ganze Wochenende chillen, sondern sie flachlegen."

Sie hatte so laut und vorwurfsvoll gesprochen, dass ich mich kurz umsah, ob sie jemand anderer gehört hatte.

„Hallo, geht's noch", sagte ich vorwurfsvoll, obwohl sie mit ihrer Vermutung eigentlich fast richtiglag.

„Das ist ein nettes, unversautes Mädel. Lass es, wenn du keine ehrlichen Absichten hast!"

„Wir essen nur zusammen, mach dir keine Sorgen, ich heiße nicht Horst."

Es war nicht meine Absicht, aber der letzte Satz traf sie tief.

„Sorry, ich bin ein Idiot", sagte ich darauf entschuldigend und stand auf, um zu ihr zu gehen.

„Lass es gut sein und verpiss dich", sagte sie und wischte sich mit dem Handrücken über die feucht glänzenden Augen.

„Bis Montag", sagte ich schuldbewusst, nahm meine Jacke vom Stuhl und verließ fast fluchtartig das Präsidium.

Nachdem Sandra mir noch einen Tag Karenzzeit geschenkt hatte, gehörte der Freitagabend den Jungs. Wir zockten und quatschten ausgiebig, zogen uns eine Shisha rein und bestellten uns Pizza. Ohne Frauen war die Welt unkompliziert und einfach.

Der Samstag stand unter der Überschrift: „Großer Wohnungskundendienst."

Ich wachte Mittag um ein Uhr auf und kam nur langsam in die Gänge. Gegen fünf sah die Wohnung begehbar, aber noch nicht frauentauglich aus. Um diese Zeit aber fiel mir ein, dass ich ja kochen wollte. Ich zog erst den Kühlschrank auf und machte eine kurze Bestandsaufnahme. Dann riskierte ich noch einen Blick in den Vorratsschrank und hatte noch immer keinen Plan, was ich aus den vorhandenen Zutaten kochen sollte.

Aber für welchen Anlass gibt es eigentlich Youtube, wenn nicht für diesen. Ich tippte also Lachsfilet ein, das war der Fisch, den ich gestern erstanden hatte, und ließ mich von den Rezepten, die aufgelistet wurden, inspirieren. Schlussendlich fiel meine Wahl auf Bandnudeln mit Lachs. Hauptgrund war, dass die nette Köchin als Erstes den Satz: „Schnelles und einfaches Rezept", gesagt hatte.

Mangels Bandnudeln erlaubte ich mir die künstlerische Freiheit, Spaghetti zu nehmen und anstatt Fischfond würde es wahrscheinlich auch der Rest Weißwein tun, der noch in meinem Kühlschrank stand. Karotten und Zwiebel hatte ich und Kapern konnte, musste man aber nicht verwenden. Da ich keine hatte, erledigte sich das Problem von selbst. Crème fraiche und Sahne sah ich als einzige Zutaten, die ich nicht hatte, für die mir aber auch kein Ersatz einfiel. Erst überlegte ich, Milch zu nehmen, das war mir dann aber doch zu riskant.

Mit einen Sprint die Treppe hinunter, zu den Mietern unter mir, hoffte ich, das Problem aus der Welt zu schaffen. Ich klingelte und setzte mein nettestes Lächeln auf.

Ich verstand zwar nicht wirklich, weshalb in manchen Haushalten solche exotischen Dinge immer im Haus waren, aber bei meinen Untermietern war es so und ich versprach mich zu revanchieren.

Die letzten Zutaten waren Zitronenabrieb und Zitronensaft, die hatte ich und dazu Estragon. Den hatte ich nicht, aber alternativ würde Oregano mit Sicherheit auch passen. Um Gewürze wurde meiner Meinung sowieso zu viel Aufhebens gemacht. Salz und Pfeffer waren alles, was ein Essen wirklich brauchte.

Die Zutaten fürs Essen standen also bereit. Jetzt galt es noch, das Bad auf Vordermann zu bringen. Haare im Abfluss, Zahncremespuren im Waschbecken und verspritzter Spiegel, das sind keine Sachen, die einen Mann auffallen, geschweige denn stören. Bei Mädels war das, wahrscheinlich genetisch bestimmt, einfach anders. Solche Details konnten ein erstes Date zum Desaster machen. Ich brachte alles in Ordnung, steckte noch eine Klopapierrolle auf den dafür vorgesehenen Halter, auch so eine unnütze Erfindung für Frauen, und kippte das Fenster, um frische Luft herein zu lassen.

Ein Blick auf die Uhr, halb acht. Eigentlich wollte ich noch duschen, dafür blieb aber keine Zeit mehr, außerdem hätte ich das mühevoll gereinigte Bad wieder eingesaut.

Ich ging ins Schlafzimmer. Der ungewohnte Anblick eines gemachten Bettes ließ mich stolz auf mich werden. Schnell hatte ich Jogginghose und versifftes T-Shirt gegen Jeans und sauberes T-Shirt getauscht und war mit meinem Anblick im Spiegel ganz zufrieden. Die dreckigen Klamotten landeten kurzerhand auf der Ablage unter dem Bett und alles war perfekt.

Blick auf die Uhr, kurz vor acht.

Trinken – das Wort und seine Bedeutung knallten in den kleinen Bereich meines Gehirns, in dem die Planung ihre Heimat hatte.

„Ich habe Wasser", dachte ich und ging in Gedanken noch einmal meine Vorräte durch. Da war aber nur Wasser.

Noch einmal zu den Nachbarn wollte ich nicht, deshalb entschied ich, dass Wasser ja gesund sei und nach einem alten Spruch Fisch ja in Wasser schwimmen sollte, oder zumindest so ähnlich.

Als es klingelte, hatte ich trotz der ganzen Vorbereitungen nicht den Eindruck, auch nur ansatzweise fertig zu sein. Ich drückte den Türsummer der Haustüre und öffnete die Wohnungstür. Kurz blickte ich noch einmal an mir hinunter und streifte das T-Shirt glatt. Keine Socken. „Verdammt", dachte ich bei mir, als ich meine Zehen unter den Hosenbeinen hervorschauen sah. Es war aber definitiv zu spät, um diesen Fauxpas noch zu ändern.

Sandras Schuhe gaben ein leichtes Klacken von sich, als sie die hölzerne Treppe hochkam. Ich kannte sie eigentlich nur in weißem Kittel mit Pferdeschwanz, deshalb kam sie mir erst einmal völlig fremd vor, als sie jetzt mit einem kurzen, figurbetonenden Schwarzen und hochhakigen Schuhen vor mir stand. Ein scheues Lächeln aus einem nur leicht geschminkten Gesicht wirkte etwas unsicher. Die dunklen, fast schwarzen Haare fielen völlig glatt bis auf die Schultern und ein gerader Pony berührte beinahe ihre schön geschwungenen Augenbrauen. Das enge schwarze Kleid betonte ihren tollen Hintern und ihre straffen, relativ kleinen Brüste. Sie hatte weder Ohrringe noch Kette noch irgendeinen anderen Schmuck an, aber es fehlte zur Perfektion einfach nichts.

„Hallo, Bernd", sagte sie leise und ich erwachte aus meiner Betrachtung, die wahrscheinlich viel zu lange gedauert und viel zu aufdringlich gewesen war.

„Hallo, Sandra, du siehst echt Hammer aus, komm doch rein."

In diesem Moment fühlte ich mich wie ein Trampel aus einem Hinterwältlerkaff. Meine nackten Zehen rollten sich nach innen, um unter den Hosenbeinen zu verschwinden und ich schloss die

Tür hinter uns. Ich führte sie ins Wohnzimmer und bot ihr einen Platz auf der Couch an. „Vergessen abzusaugen", dachte ich mir, als ich die Armee von Krümeln darauf wahrnahm und fluchte in mich hinein.

„Lass uns kochen", sagte sie hingegen unternehmungslustig und streifte ihre Highheels ab. Sie ließ das kleine schwarze Handtäschchen auf das Sofa fallen, sodass die Krümel alle aufgeregt einen Hüpfer machten, und schob mich dann in Richtung Küche.

„Schöne Wohnung", sagte sie. „Was gibt es denn Gutes zu essen?"

Langsam hatte ich mich wieder gefangen und verkündete: „Lachs mit Bandnudeln – mit runden Bandnudeln", verbesserte ich.

Bei der ersten Verabredung immer das Handy aus, oder auf lautlos schalten. Diesen Rat, von dem ich nicht mehr wusste wer ihn mir gegeben hatte, hatte ich nicht berücksichtigt und jetzt war es zu spät.

„Entschuldige bitte", sagte ich, als es schrill zu klingeln begann, und ging in den Flur, um das nervige Geräusch abzuwürgen. Günter Lauterbach stand im Display und ich wusste, zwei Dinge sofort. Erstens musste ich rangehen und zweitens war mein Date zu Ende.

Ich wischte über das Display und meldete mich mit: „Peter."

„Bernd, wir haben einen vierten Mord, komm sofort zur Burg."

Bevor ich meinen Schreck überwunden hatte und einen Ton sagen konnte, hatte er aufgelegt.

„Scheiße", fluchte ich genervt. Und Sandra kam erschrocken aus der Küche.

„Was ist los?", fragte sie fürsorglich.

„Wir haben einen vierten Toten, ich muss sofort zum Tatort!"

„Dann beeil dich, ich warte hier auf dich, wenn es dir recht ist", sagte sie und grinste mich an.

„Fühl dich wie zu Hause."

Ich schlüpfte barfuß in meine Sneakers, nahm den Autoschlüssel und mein Handy und verließ die Wohnung.

Unterwegs klingelte ich Moni an, die war aber schon von Günter verständigt worden und auf dem Weg.

Inzwischen war es kurz vor neun und die Straßen in die Randbezirke der Stadt waren fast leer. Bei der ersten Sperre, am Eingang zum Marktplatz, hatte ich kurzzeitig Probleme, mit meinem Privatauto durchzukommen. Nachdem ich meinen Ausweis gezeigt hatte, konnte ich aber bis in den Burghof fahren. Der große Bauzaun war inzwischen verschwunden und nur ein kleiner versperrte den Weg zur inneren Burg. Jetzt stand er jedoch offen und eine Horde von Menschen mit Uniformen oder weißen Overalls wuselte herum.

„Hallo, Bernd." Ein Kollege in Zivil, mir fiel gerade sein Name nicht ein, kam auf mich zu, packte mich am Arm und zog mich hinter sich her. Wir gingen in den Innenhof, durchquerten einige Räume und gingen dann eine Sandsteintreppe hinab. Hier herrschte ein komisches Zwielicht und ich musste aufpassen, dass ich keine Stufe übersah. Ein Absperrband mit zwei Beamten in Uniform versperrte uns den Weg. Ich stieg hinter meinem Kollegen drüber und kam unten an. Ein Blick links um die Ecke offenbarte mir die grausige Szene. Hinter einer Art liegenden Grabstein in einem kleinen Gewölbe hing eine hell beleuchtete, goldene Scheibe mit vielleicht einem Meter Durchmesser. Auf dem Grabstein stand ein hölzerner Hocker, vor dem ein Mann kniete. Sein kopfloser Oberkörper lag bäuchlings auf dem Hocker und sein Kopf und ein riesiges Henkersbeil lagen in einer großen, schwarzen Blutlache davor. Arme und Beine des Mannes waren gefesselt und er hatte Jeans und ein grau meliertes Sweatshirt an. Günter und Einstein von der Schlösserverwaltung standen etwas abseits, während zwei Mann der SpuSi ihren Job machten. Mein Blick fiel auf die goldene viergeteilte Scheibe. Ich kannte ihre Bedeutung nicht, hatte sie aber schon auf den Fotografien des Buchhändlers bei unserer Führung gesehen. Den Text, der anscheinend mit dem Blut des Toten in altdeutscher

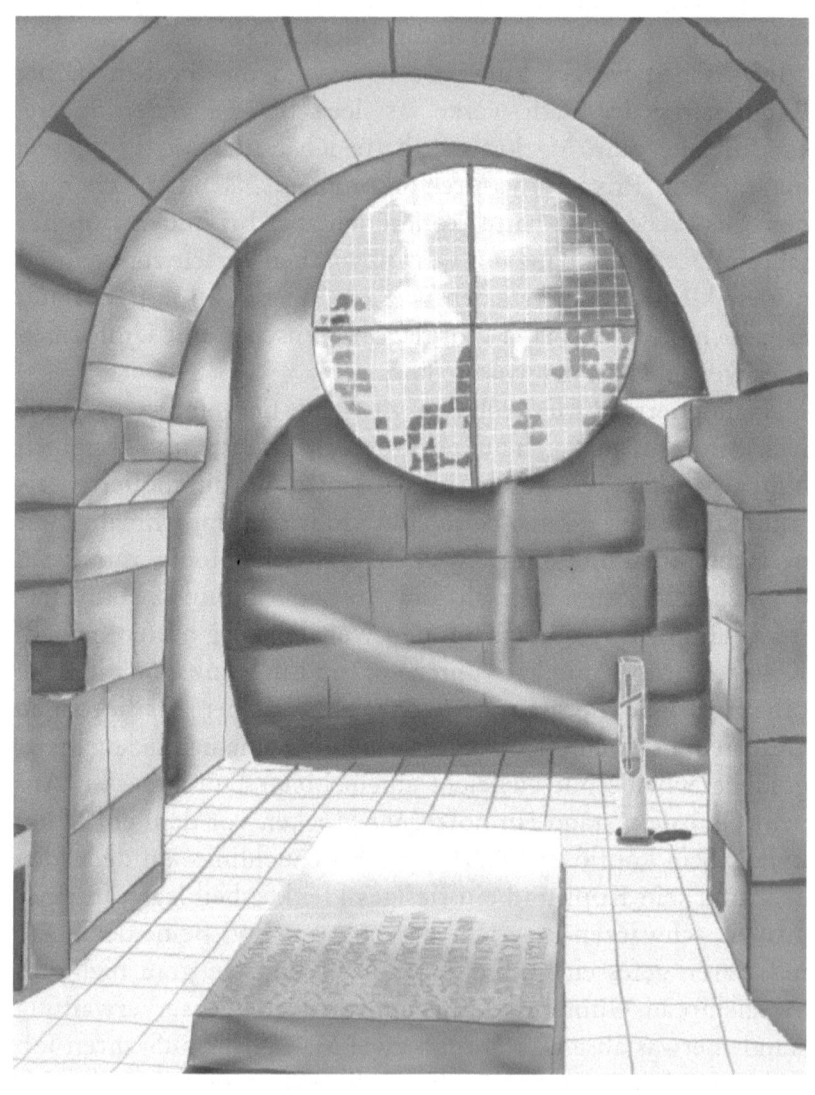

Das fälschlich als Krypta bezeichnete Untergeschoss einer einst freistehenden Kapelle, wurde nie als Begräbnisstätte verwendet.

Schrift darauf geschrieben stand, konnte ich mit etwas Mühe gleich entziffern:

der Sechste wird den Kopf verlieren

„Bernd."

Günter hatte mich entdeckt und kam auf mich zu. Seiner Miene nach zu urteilen war er stinksauer und froh, den Mann von der Schlösserverwaltung jetzt abgeschüttelt zu haben.

„Moni?", fragte er mich und ich war wieder einmal fasziniert, wie jemand mit so wenigen Worten so viel sagen konnte.

Ich zog die Schultern hoch und sagte: „Sie war bei ihrer Mutter, die wohnt allerdings in Forchheim, das wird etwas dauern."

„Herr Kleinlein hat den Toten gefunden – wie immer keine Identität – dürfte erst ein bis zwei Stunden her sein."

„Ich denke, wir sollten schnellstens zwei Streifenwagen losschicken, um unsere beiden Hauptverdächtigen zu holen und ihr Alibi für die letzten Stunden zu überprüfen."

„Gute Idee", sagte Günter und zückte sein Handy.

Auch ich holte meins heraus und gab ihm die Namen und Adressen vom Buchhändler und vom Autoschrauber.

„Wir sind fast fertig", sagte der eine Beamte von der Spurensicherung mit erhobener Hand, als ich näher an den Toten heranwollte. Also setzte ich mich auf einen der Hocker, die vor dem Gewölbe zu einer kleinen Gruppe aufgestellt waren. Acht mannshohe, gerade Kerzenständer, die in Löchern im Boden steckten, gaben dem Raum neben dem Grabstein seine Spiritualität. Ansonsten wäre es nur ein Keller gewesen. Die Hocker, die hier zusammenstanden, waren die gleichen wie der, der als Richtklotz verwendet wurde.

Günter war inzwischen verschwunden. Ich schätzte, dass er hier unten einfach kein Netz hatte. Herr Kleinlein von der Schlösserverwaltung kam deshalb zu mir und setzte sich auf einen Hocker neben mich.

„Was für eine Sauerei", sagte er erschüttert.

Ich blickte ihn an und wusste nicht, ob er das Blut meinte, das sein schön renoviertes Gewölbe versaut hatte, oder ob er die Tat an sich als Sauerei ansah.

„Warum sind Sie am Wochenende um diese Zeit noch hier?"

Ich sah ein feines Aufblitzen in seinen Augen, das aber schnell verschwand und wieder der Trauer und Hilflosigkeit Platz machte.

„Ich habe noch einmal nach dem Fortschritt der Renovierungsarbeiten gesehen und einen letzten Rundgang gemacht, nachdem die Arbeiter sich ins verdiente Wochenende verabschiedet hatten."

„Wann sind die Arbeiter gegangen?"

Er überlegte kurz und sagte dann: „Die Maler waren die letzten. Ich schätze, dass es gegen halb sieben war, als sie gingen."

„Und wann haben Sie den Toten gefunden?"

„Das war gegen halb acht."

„Dann geschah der Mord, als noch Handwerker und Sie im Hause waren?" Es war zwar eher eine Feststellung, aber er nickte trotzdem zustimmend.

Sind eigentlich schon die Überwachungskameras in Betrieb, die überall hängen?"

„Nein, die Aufzeichnungsgeräte sind noch nicht installiert, deshalb funktioniert noch nichts."

Der Täter war ein deutlich höheres Risiko eingegangen, entdeckt zu werden als in den anderen Fällen. Warum?

Die Burganlage war allerdings auch so riesig und weitläufig, dass ein einzelner Fremder mit Sicherheit gar nicht auffallen würde. Den Handwerkern schon gar nicht. Die einzelnen Gewerke kannten sich untereinander wahrscheinlich auch nur flüchtig.

„Seit wann waren Sie heute hier?"

„Ich bin heute Morgen schon hier gewesen. Es gab mit den Malern und Stuckateuren viel zu besprechen. Außerdem muss den Leuten immer auf die Finger geschaut werden, sonst machen sie nur Mist."

„Sie waren also den ganzen Tag hier?"

„Mittags war ich für ein paar Stunden verschwunden. Ich musste einige Besorgungen machen und etwas essen. Meine Frau hat nämlich morgen Geburtstag und da will ich sie mit einer kleinen Überraschungsparty verwöhnen."

Es vergingen einige Minuten, in denen nur das leise Rascheln der Kunststoffoveralls der Leute von der Spurensicherung zu hören war.

„Was ist das eigentlich für ein Raum?", fragte ich schließlich, um die bedrückende Stille zu beenden.

„Das ist die Krypta. Darüber befindet sich die Kapelle."

„Und von wem ist dieses Grab?"

„Nein, das ist kein Grab und im eigentlichen Sinn ist es auch keine Krypta. Im Laufe der Zeit wurden manchen Orten hier auf der Burg Namen gegeben, die dem ursprünglichen Zweck gar nicht entsprechen, sondern nur der Fantasie der Menschen. Diese Krypta war nie ein Ort der Toten, sondern eher des Gebetes. Im Hungerturm ist wahrscheinlich nie jemand verhungert und im Folterturm wurde auch niemand gefoltert. Die Folterinstrumente, die häufig in Burgen ausgestellt werden, sind häufig neuzeitliche Nachbildungen und selbst echte waren wahrscheinlich niemals in dieser Burg vorhanden. Diese Burg war immer eher eine Wohnburg oder ein repräsentatives Schloss als eine umkämpfte Wehranlage."

„Seid ihr fertig?", fragte ich die SpuSi-Leute, als sie begannen ihr Equipment in ihre Koffer zurückzuräumen.

„Ja, wir haben alles."

Zwei Minuten später waren sie weg und auch der Schlossverwalter hatte sich getrollt. Die gewaltige Axt hatten sie auf meine Bitte noch liegen lassen und auch der Kopf und Körper des Toten waren so gut wie unberührt.

„Hallo, Bernd." Monis Stimme klang keuchend und sie war wirklich außer Atem, als sie neben mir stand und sich die Bescherung anschaute.

„Bist du von Forchheim hergerannt?"

„Witzig – was haben wir?"

„Einen Geköpften in einer Krypta, die keine Krypta ist – in einer Burg, die eigentlich ein Schloss ist. Und das Ganze am hell-lichten Tag vor den Augen von Einstein und einem Sack voller Handwerker."

Moni schaute mich an, als wäre ich besoffen.

„Was ist mit dir los?"

„Wir haben wieder nichts, Moni", sagte ich frustriert. „Günter hat den Autoschrauber und den Bücherheini schon aufs Revier bestellt. Ansonsten wie immer, keinen Hinweis auf die Identität des Opfers, keine Spuren, keine Zeugen, als wäre unser Täter ein Geist."

„Dieses Mal war er aber gnädiger und hat das Opfer augenscheinlich nicht zu Tode gequält."

„Ich vermute eher, dass er keine Zeit hatte. Die anderen Opfer konnte er in aller Ruhe im Laufe einer Nacht töten, das hier unter den Augen von Leuten musste schneller und diskreter ablaufen."

Ich kniete mich neben den Kopf, ohne dabei in die Blutlache zu treten. Die Schnittstelle sah aus, als wäre sie mit dem Skalpell gemacht worden und nicht mit einem Henkersbeil.

In der Mitte glänzte hell die Wirbelsäule und außen herum waren die dunklen Querschnitte von Muskelfasern, Adern und Luftröhre zu sehen. Der Kopf lag auf seiner linken Seite und das Gesicht war mir zugewandt. Die Züge waren entspannt und die Augen geschlossen, als würde der Mann schlafen. Der Mund stand leicht geöffnet und ein ordentlich gestutzter Bart umrahmte ihn. Die Haare des Mannes waren mittelbraun und kurz geschnitten. Im Prinzip ein Allerweltsgesicht ohne besondere Merkmale.

„Es sieht nicht so aus, als hätte er etwas von seinem Tod mitbekommen", sagte Moni, die neben mir kniete und sich an meiner Schulter festhielt.

Ich nahm den ausgeblichenen Holzstiel der Henkersaxt an der Stelle, an der er nicht in der Blutlache lag, und hob das schwere Teil vorsichtig hoch. Die blutverschmierte Klinge hielt ich nach unten und betrachtete das Mordinstrument mit der langen, gebogenen Schneide von allen Seiten.

„Scharf wie ein Rasiermesser", sagte ich, als ich mit dem Daumen vorsichtig über den Teil der Klinge fuhr, der nicht vor Blut tropfte.

„Und alt", ergänzte Moni. „Wer weiß, wie viele Köpfe das Ding schon abgeschlagen hat.

„Mindestens einen", sagte ich deprimiert. „Und das ist für meinen Geschmack einer zu viel."

Ich legte das Beil wieder an seinen Platz und schaute mir noch die Hanfseile an, mit denen Arme und Beine gefesselt waren. Dann zog ich mein Handy heraus, machte ein paar Fotos vom Toten und von der goldenen Scheibe mit dem Spruch des Täters, dann verließen wir den Tatort.

Dieses Mal wollte ich nicht warten, bis alles weggeräumt und sauber war. Ich hatte Lust, die beiden Verdächtigen zur Rede zu stellen und endlich den Täter festzunageln.

Als wir im Revier eintrafen, es war bereits nach elf, saßen beide Verdächtigen schon jeweils in einem Verhörraum. Die Lebensgefährtin des Buchhändlers saß unruhig und mit besorgtem Blick im Flur.

Moni und ich sprachen uns kurz ab, dann verschwand sie im Verhörraum mit dem Autoschrauber Gräbner und ich in dem mit dem Buchhändler Schmidt.

„Hallo Herr Schmidt", sagte ich beim Eintreten, reichte ihm aber nicht die Hand.

„Was ist los?", fragte er zornig. „Warum werde ich mitten in der Nacht hierhergebracht und keiner sagt mir, warum?"

„Wir haben einen vierten Mord und überprüfen die Alibis unserer Verdächtigen", sagte ich ruhig. Ich setzte mich ihm gegenüber und kam gleich zur Sache.

„Wo waren Sie zwischen achtzehn und zwanzig Uhr?"

„Er schaute mich ungläubig an und schien zu überlegen.

„Lydia und ich waren den ganzen Nachmittag im Pflanzengarten des Bund Naturschutz und haben bei der Pflanzenbörse mitgeholfen. Um achtzehn Uhr haben wir mit abgebaut und waren schließlich gegen acht zu Hause."

„Kann das jemand, außer Ihrer Freundin, bestätigen?"

„Sicherlich, rufen sie einfach unseren Vorstand an, der kann es mit Sicherheit bezeugen."

Er kramte in seiner Hosentasche, zog ein altertümliches Nokia Handy heraus und wählte eine Nummer. Dann reichte er mir das Telefon, ohne sich vorher zu melden.

Eine Männerstimme meldete sich und ich erklärte kurz die Situation und stellte dann meine Frage.

„Artur und Lydia waren den ganzen Nachmittag in unserem Garten und haben später auch noch mit abgebaut", bestätigte er. Ich bedankte mich und reichte dem Buchhändler sein antiquiertes Telefon.

„Sie können gehen – es tut mir leid", sagte ich und griff über den Tisch, um ihm die Hand zu reichen.

Dieses Mal war er es der meine Hand geflissentlich übersah, aufstand und wortlos verschwand.

Ich ging auf den Flur hinaus und sah noch, wie der Buchhändler, seine Freundin und auch der Autoschrauber in Richtung Treppe verschwanden.

„Der war mit seinen Kollegen in der Feuerwache", sagte Moni auf meinen fragenden Blick hin.

„Verdammt", fluchte ich. Gerade hatte sich unser Fall und seine Ermittlungen auf Anfang zurückgespult.

Schweigend stiegen wir die Treppe zu unserem Büro hoch. Es war eine ruhige Nacht im Präsidium und eine gewisse Gelassenheit war eingekehrt. Allerdings nicht in meinem Kopf. Vor meinem inneren Auge drehte sich alles im Kreis. Richtungslos trieben Indizien, entstellte Opfer und ein gesichtsloser Täter durch meine Wachträume.

Das Klingeln von Monis Handy holte mich wieder in die Realität und ich hätte nicht sagen können, wie ich den Weg zu meinem Schreibtisch bewältigt hatte.

„Friedrich Bezold", wiederholte Moni und legte auf.

„Der Tote heißt Friedrich Bezold", sagte Moni und stand auf, um den Namen unter die anderen Toten an unsere Pinnwand zu schreiben. „Er hat in seiner Jugendzeit mal ein Auto geknackt und konnte anhand der Fingerabdrücke identifiziert werden."

Da die Toten in unserem Fall eigentlich nur eine Nebenrolle spielten, hörte ich gar nicht richtig zu. Ich war müde und ausgebrannt und hatte außerdem Hunger. Schnell lud ich noch die Bilder des Tatorts von meinem Handy, druckte sie aus und pinnte sie an die bereits fast volle Wand.

„Wieso der Sechste?", fragte ich mich, als ich das Bild mit dem Hinweis auf der Goldscheibe anheftete.

Um darüber nachzudenken, fehlte mir aber jetzt eindeutig die Energie.

„Ich pack's!", sagte ich zu Moni. Die stand ebenfalls auf und entgegnete: „Ich auch."

Der Heimweg gestaltete sich als schwierig. Die Straßen waren leer und mir fielen die Augen zu. Ich öffnete zwar das Fenster und drehte die Musik voll auf, aber es grenzte doch an ein Wunder, dass ich schließlich vor meiner Wohnung ankam.

Leise, um die Mieter unter mir nicht zu wecken, stieg ich völlig geschafft die Treppe hoch und sperrte meine Wohnungstüre auf. Handy und Schlüsselbund landeten auf dem Regal im Flur. Der Geruch nach Essen stieg mir in die Nase und von einem Moment zum nächsten war ich wieder hellwach.

„Kacke – Sandra", fuhr es mir durch den Sinn.

Ich ging ins Wohnzimmer. Zwei Gedecke standen auf dem Esstisch und irgendwo hatte sie sogar Kerzen und Kerzenständer gefunden. Sandra lag auf der Couch und schlief. Das schwarze Minikleid hatte sie ordentlich über eine Sessellehne gelegt und sich ein viel zu großes Sweatshirt von mir übergezogen. Sie sah süß aus, wie sie dalag und ihren Mund leicht geöffnet hatte. Die schwarzen Haare hatte sie wie in der Arbeit zu einem Pferdeschwanz zusammengefasst und unter dem Rand meines Sweatshirts lugte ein kleines, weißes Dreieck ihres Slips hervor.

Es fiel mir fast etwas schwer, mich von dem Anblick zu lösen, aber schließlich trieb mich der Hunger in die Küche. Ich nahm die Pfanne mit den Lachsstückchen und der Soße und goss den kalten Inhalt in die Schüssel mit den kalten Nudeln. Dann vermischte ich alles und aß den schmackhaften Brei gierig mit dem Löffel.

„Schmeckt es?" Sandras Stimme kam von der Tür her und ihr zierlicher Körper in meinem Star-Wars-Sweatshirt schwebte hinterher.

„Sehr lecker", schwärmte ich. „Hattest du schon?" Ich hielt ihr die Schüssel hin.

„Ja, iss ruhig auf."

Sie hatte ihre Arme vor der Brust verschränkt und ihre Hände waren irgendwo in den Ärmeln des Sweatshirts verborgen.

„Und wie war es?", fragte sie mitfühlend.

„Schrecklich", antwortete ich mit vollem Mund. Drei volle Löffel später war die Schüssel jedoch leer und wir gingen wieder ins Wohnzimmer. Sie setzte sich auf das Sofa, zog die Knie an und mein Sweatshirt darüber, sodass nur ihre kleinen Füße unten herausschauten. Ich hätte mich gerne zu ihr gesetzt, nahm aber sittsam gegenüber im Sessel Platz.

„Er hat das Opfer dieses Mal geköpft", flüsterte ich und ich merkte, wie schwer es mir fiel, mit jemand anderen als mit Moni über diese Dinge zu sprechen. Ich erzählte ihr von unseren Tatverdächtigen, ging noch einmal zurück zu den drei anderen Fällen, beschrieb ihr die Hinweise, die der Täter hinterließ und ersparte ihr auch nicht die Geschichte mit dem Wohnmobil, der Leiter und den Unbekannten mit den Locken.

„Du kannst gut zuhören", sagte ich schließlich und grinste sie an.

„Du redest viel für einen Mann", entgegnete sie.

„Soll ich dich nach Hause fahren?"

„Es ist schon sehr spät, kann ich hier schlafen?"

Wie hatte Moni gesagt? „Du willst sie ja nur flachlegen."

„Sicher, schlaf du im Bett, ich nehme die Couch", sagte ich, dachte aber mit Schrecken an die Krümel und an die Unbequemlichkeit des Möbels.

„Willst du nicht mit mir im Bett schlafen?", fragte sie und ihre dunkelbraunen Augen brachten mich total von der Rolle.

„Nicht mit dir schlafen wollen, davon kann nicht die Rede sein. Liebend gerne würde ich mit dir schlafen. Wir können auch nur schlafen, wenn du möchtest – ich meine nicht miteinander – natürlich miteinander aber nicht – du weißt schon was."

Sie stand auf, ihr weißer Slip und ein Teil ihres schlanken Bauches blitzten mich dabei aufreizend an, nahm meine Hand und zog mich ins Schlafzimmer.

Sie setzte ein klares Zeichen, indem sie mit dem Sweatshirt unter die Bettdecke kroch. Ich zog mich aus bis auf die Boxershort und krabbelte ebenfalls unter die Decke, peinlich darauf bedacht, Sandra nicht zu berühren. Mit einer flinken Drehung kam sie jedoch zu mir. In voller Länge schmiegte sie ihren warmen Körper an mich und legte ihren Kopf an meine Brust. Mein Arm legte sich wie von selbst um sie und zog sie noch fester an mich. Dass meine Hand dabei auf ihrer kleinen Brust zum Liegen kam, war definitiv keine Absicht, wegziehen wollte ich sie dann aber doch nicht.

Wie ein Toter schlief ich die ganze Nacht durch und erwachte erst, als mir die Mittagssonne in die Augen schien und ein Geruch von frischem Kaffee in meine Nase stieg.

Ich stand auf und schlurfte erst ins Badezimmer und dann in die Küche.

„Guten Morgen, Sandra", sagte ich, als ich sie wie einen Engel vor dem Fenster stehen sah. Die Sonne bildete einen leuchtenden Strahlenkranz um sie und ließ ihre schwarzen Haare fast durchsichtig leuchten.

„Guten Morgen, auch einen Kaffee?" Sie kam auf mich zu, stellte sich auf die nackten Zehenspitzen und hauchte mir einen Kuss auf die unrasierte Wange.

„Warum nicht", sagte ich unverfänglich und versuchte vergeblich, das Teil zwischen meinen großen Zehen unter Kontrolle zu bekommen.

Wir frühstückten den ganzen Tag, saßen zusammen und quatschten über Gott und die Welt, zogen uns einen Film rein und kuschelten uns dabei zusammen auf die Couch.

Im Prinzip genoss ich zwar mein Singledasein, aber so ein Tag mit einem netten Mädchen, oder vielleicht eine Woche oder ein Jahr, war doch wie ein Traum, wie ein schöner Traum.

Die Dämmerung zog bereits herauf, als sie unvermittelt in Aufbruchsstimmung verfiel. Sie zog ungeniert mein Sweatshirt aus und schlüpfte mit ihren nackten Brüsten und dem weißen Slip in ihr kleines Schwarzes. Dann nahm sie ihre Schuhe und Handtasche in die Hand, kam zu mir und sagte: „Es war eine tolle Nacht und ein wunderschöner Tag, Bernd. Danke." Dann schmiegte sie sich mit ihrem ganzen Körper an mich und schloss ihre Augen.

Ich wusste später nicht, ob der Kuss eine Sekunde oder Minuten gedauert hatte, plötzlich war sie jedoch weg und ich hörte nur noch ihre kleinen, nackten Füße die Holztreppe hinuntertappen.

„Hast du sie gevögelt?", war am Montag der erste Satz den ich von Moni hörte, als ich ihr einen guten Morgen wünschte.

„Nein", antwortete ich einsilbig. Auf der einen Seite kratzte zwar dieses Nein etwas an meinem männlichen Ego, auf der anderen hatte ich keine Lust, ihr Einzelheiten zu schildern. Vor Männern kam es schon mal vor, dass man mit seinen Eroberungen oder geilen Sexerlebnissen hausieren ging, aber bei einer Frau musste man damit sehr vorsichtig sein oder hielt besser ganz den Mund. Ich entschloss mich für Zweiteres.

„Hat sich in unserem Fall noch etwas getan?", fragte ich deshalb ablenkend.

Moni warf mir kommentarlos die Montagsausgabe der Tageszeitung zu. Dieses Mal nahm unser Fall nicht die halbe erste Seite ein, sondern die ganze.

MORD NUMMER VIER stand da in großen Lettern. Die Polizei tappt immer noch im Dunkeln, stand etwas kleiner darunter.

„Ich habe um neun einen Arzttermin, ich muss die Wunde be- gutachten lassen", sagte Moni und deutete auf ihr Pflaster an der Wange. Offensichtlich hatte sich die Wunde entzündet und die ganze Backe war rot und schien auf die doppelte Größe ange- schwollen zu sein.

„Das sieht nicht gut aus – soll ich mitkommen?"

„Und Händchen halten, oder was?", entgegnete sie spöttisch.

„Das schaffe ich alleine – löse du den Fall!"

Sie stand auf und verschwand genauso schnell wie Sandra am Vortag. Irgendwie schien ich eine abschreckende Wirkung auf Frauen zu haben und ihren Fluchtreflex auszulösen.

Ich lehnte mich zurück und ließ meinen Blick über unsere Pinnwand wandern. Die Bilder der Toten verloren immer mehr ihren Schrecken, je öfter man sie ansah, und das machte mir Sor- gen. Sorgen, dass ich gegen diese Gräueltaten abzustumpfen be- gann.

Die Bilder der hinterlassenen Hinweise nervten mich, weil sie keinen Sinn ergaben, zumindest keinen, den ich begriff.

Die Namen der Toten hatten meiner Meinung nach den ge- ringsten Wert, uns weiterzubringen.

Konrad Meierle, Friedrich Hübner, Johann Kolb und Fried- rich Bezold. Zwei Friedrich, das fiel mir erst jetzt auf. Für mich war der erste Friedrich immer noch ein Fritz gewesen, deshalb hatte ich es bis jetzt nicht bemerkt.

„Ein Zufall?", fragte ich mich. „Sicherlich."

Die Worte des Buchhändlers kamen mir wieder in den Sinn. Bei der Führung um die Burg hatte er gesagt, dass die Hälfte der Männer, die die Cadolzburg bewohnten, Friedrich und die Hälfte der Frauen, Elisabeth hießen. Sollte da wirklich ein Zu- sammenhang bestehen? Ich brachte die einzelnen Regenten auf der Burg nicht mehr zusammen. Das waren eindeutig zu viele Informationen gewesen, die mir der Buchhändler in der Stun- de der Führung vorgesetzt hatte. Ich schwenkte meinen Stuhl herum, nahm unternehmungslustig und neugierig die Compu- termaus zur Hand und begann meine Recherchen. Unter den Suchworten Cadolzburg und Zollern sowie Burggraf und Friedrich fand ich seitenweise Informationen. Nach einer Stunde lagen fünf Post-it-Zettel neben meiner Tastatur und ich hatte die Ahnenreihe der Hohenzollern annähernd im Kopf.

Konrad I., Friedrich III., Johann I., Friedrich VI. und Albrecht Achilles. Wie mir das weiterhelfen sollte, konnte ich zwar noch nicht sagen, aber ich spürte, dass ich kurz davor war.

Ich war so in meinen Computer vertieft gewesen, dass ich nicht merkte, dass jemand neben meinem Schreibtisch stand.

„Guten Morgen", flüsterte Sandra, um mich nicht zu erschrecken. Ich erschrak aber trotzdem zu Tode und fuhr zu ihr herum.

„Mein Gott, hast du mich erschreckt", stammelte ich. „Auch guten Morgen."

„Ich dachte, ich sollte dir gleich die Todesart eurer vierten Leiche mitteilen, wenn wir sie herausgefunden haben", sagte sie ernst.

„Und?"

„Er hat seinen Kopf verlegt", antwortete sie und ich begriff erst nicht.

„Scheiße, ich kann keine Witze machen", beschwerte sie sich und verzog ihre Lippen zu einem süßen Schmollmund.

Ich wollte ihr weder zustimmen noch im Nachhinein lachen, deshalb sagte ich nichts.

„Kommst du voran", fragte sie neugierig.

„Nicht wirklich", antwortete ich etwas genervt.

Sie nahm einen der Notizzettel und fragte: „Die Namen der Toten?"

„Nein, das sind die Namen der", noch im Satz wusste ich es.

Ich sprang auf, umarmte sie und drückte ihr einen Kuss auf die Stirn.

„Danke."

Das ganze Büro hatte sich bei meinem Freudeanfall zu mir herumgedreht. Ich nahm Sandra den Zettel aus der Hand und hielt ihn an die Namensliste der Opfer an unserer Pinnwand.

„Du hast recht, die Namen der Opfer entsprechen in ihrer Reihenfolge den Namen der Regenten auf der Cadolzburg.

Konrad I. ist Konrad Meierle. Friedrich III. ist Friedrich Hübner unser zweites Opfer. Johann I. ist Johann Kolb, der verbrannte und Friedrich VI. entspricht unserem geköpften Friedrich Bezold."

„Die Namen passen auch zu den Hinweisen", sagte Sandra ganz nebenbei und ich wusste erst wieder nicht, was sie meinte.

Sie deutete auf das Bild des ersten Hinweises auf dem Schreibtisch des Waffenhändlers und las vor: „Der Erste wird am Halse hängen. Was so viel heißt wie Konrad der Erste wird am Halse hängen."

Sie hatte recht. Seit Tagen stand die Lösung hier vor mir und ich konnte sie nicht sehen. Jetzt war alles klar.

„Friedrich der Dritte wird im Wasser versaufen. Johann der Erste wird am Kreuze brennen und last but not least Friedrich der Sechste wird den Kopf verlieren."

Ich sagte es laut, so konnte ich es besser realisieren.

„Du bist ein Schatz, Sandra." Ich grinste sie an. „Ich schulde dir was!"

„Ich weiß, du wolltest für mich kochen."

Irgendwie wusste sie, wie man einen perfekten Abgang hinlegte, denn sie verschwand mit wehendem weißen Kittel im Treppenaufgang.

Ich setzte mich wieder hin und betrachtete meinen Zettel mit den Burgregenten. Nach Friedrich dem Sechsten stand als letzter Albrecht Achilles auf dem Plan.

Ich fand in Google und auch im Telefonverzeichnis zwei Cadolzburger Bürger mit dem Vornamen Albrecht. Ich machte mir die entsprechenden Notizen und ging dann siegessicher zu Günters Büro. Ich klopfte, wartete nicht auf ein „Herein", sondern drückte ungestüm die Tür auf.

„Günter ist nicht da", sagte einer der Kollegen, die in der Nähe von Günters Bürotür ihren Schreibtisch hatten.

„Und wo ist er?", fragte ich ungeduldig.

„Er ist diese Woche nicht da – Schulung oder so."

„Na toll", dachte ich, und jetzt, wo der Kollege es erwähnt hatte, fiel mir auch wieder ein, dass Günter vor einiger Zeit von einem Seminar erzählt hatte.

Ich wusste nicht, wie viel Zeit ich hatte, bis der Killer wieder zuschlagen würde, aber eine Woche war eindeutig zu lange, um abzuwarten.

Ich setzte mich wieder an meinen Schreibtisch, zückte mein Handy und schrieb Moni eine Nachricht: Der Fall ist so gut wie gelöst, ich brauche deine Hilfe. Dann setzte ich noch einen jubelnden Smiley hinten dran und schickte die Nachricht ab.

Eigentlich hatte ich auf eine schnelle Antwort gehofft, es kam aber nichts.

Ich brauchte von irgendwem eine Bestätigung, dass ich auf dem richtigen Weg war, die sollte ich aber anscheinend nicht so schnell bekommen. Zornig auf mich selbst und meine Unsicherheit schnappte ich mir meine Jacke und verließ das Büro. Der Mörder hatte sich nie an Fristen oder einen gleichmäßigen Abstand zwischen seinen Verbrechen gehalten. Ich hatte den Eindruck, dass schon der letzte Mord eine gewisse Schlampigkeit aufwies und nicht die Perfektion in der Planung zeigte wie seine ersten Taten. Für mich war das ein Grund, warum ich die Ermittlungen nicht weiter hinauszögern konnte. Der Täter hatte sein nächstes Opfer vielleicht schon im Visier, oder es lag schon betäubt in seinem Wohnmobil.

Zehn Minuten später fuhr ich, viel zu schnell, in Richtung Cadolzburg. Die Adresse des ersten Albrechts hatte ich ins Navi eingegeben. Natürlich hieß der nicht Achilles mit Nachnamen. In der Suchmaschine hatte ich aber einige gefunden, die Achilles mit Vornamen hießen. Allerdings niemanden in Cadolzburg. Wie man sein Kind Achilles taufen konnte, das wollte mir allerdings nicht in den Kopf.

Mir war warm, ich drehte die Heizung herunter und ließ das Seitenfenster nach unten fahren. Draußen war es deutlich wärmer als in den letzten Wochen und die Natur stellte sich langsam auf den kommenden Frühling ein. Zwischen den noch kahlen Büschen am Straßenrand tauchten ab und zu schon gelb blühende Sträucher auf und vereinzelte Bäume zeigten an ihren Zweigen schon kleine grüne Spitzen. Auf einer Wiese, an der ich vorbeirauschte, bildeten gelbe Löwenzahnblüten ein lustiges Tupfenmuster im kräftigen Grün.

Die Reifen des BMW quietschten, als mein Navi kurz darauf null Meter anzeigte und ich hart die Bremse betätigte.

Alten- und Pflegeheim stand auf einem silbernen Schild vor einem gläsernen Eingangsbereich.

Unschlüssig stieg ich aus. „Würde der Killer einen alten, pflegebedürftigen Albrecht aus einem Altenheim ermorden?", fragte ich mich.

Leider konnte ich mir kein klares „Nein" als Antwort geben und stieg aus.

Ich ging durch die barrierefreie, sich selbst öffnende Glastür und stand in einem großzügigen Foyer. In einer bequemen Sitzecke auf der linken Seite saßen drei Frauen in roten Sesseln und eine vierte saß in einem Rollstuhl daneben. Ein großes Aquarium trennte den Bereich als Raumteiler optisch etwas ab. Alle vier starrten mich an, als ich zielstrebig auf eine Empfangstheke zuhielt, hinter der eine Frau in einen Computerbildschirm blickte. Das Klickern der Tastatur war das einzige Geräusch, das in diesem Moment zu hören war.

„Hallo, mein Name ist Bernd Peter von der Kriminalpolizei Fürth. Ich bin auf der Suche nach einem Herrn Albrecht." Ich stockte und kramte in meiner Hosentasche nach dem Zettel mit den beiden Namen. Als ich ihn gefunden hatte, nannte ich noch den Nachnamen des Gesuchten und blickte der Frau erwartungsvoll ins Gesicht.

„Sind Sie ein Verwandter?" Sie hatte mich bis jetzt keines Blickes gewürdigt.

„Nein, ich bin kein Verwandter, sondern von der Polizei!"

„Haben Sie ein Besuchsrecht?" Noch immer tippte sie ungebremst auf ihrer Tastatur.

Braucht man in einem Altersheim wirklich ein Besuchsrecht, fragte ich mich.

Ich zog meinen Dienstausweis aus der Tasche, klappte ihn auf, und drosch in krachend, mit aller Kraft auf die Holztheke vor mir.

„Polizei", schrie ich außerdem laut und die freundliche Dame fiel fast vom Stuhl.

Ein begeistertes Johlen der vier Insassinnen und ein Pfiff von einer auf ihren Fingern sollten mir wohl sagen, dass ich nicht der Erste war, der von der Dame vor mir ignoriert worden war.

Die brünette, füllige Frau setzte ihre Brille ab, nahm eine andere Brille vom Schreibtisch und schob sich die auf die Nase. Sie stand auf, strich ihren Rock nach unten, zupfte an ihrer Bluse und kam dann mit hoch erhobenem Kopf zu mir.

„Bitte?", fragte sie herablassend. „Zu wem möchten Sie?"

Ich wiederholte den Namen und spielte wie unbeabsichtigt mit meinem Dienstausweis. Beim Auf- und Zuklappen ertönte jedes Mal ein nerviges Geräusch, sie ließ sich allerdings nicht aus der Ruhe bringen. Sie tat so, als müsse sie in einer mehrseitigen Liste den Namen suchen und sagte nach einer halben Ewigkeit: „Dritter Stock, Zimmer 312."

„Das ist nett von Ihnen", sagte ich freundlich. „Wenn Sie mir bitte die Akte des Mannes heraussuchen, bis ich wieder da bin, das wäre sehr lieb."

Sie starrte mich an und wollte gerade mit hochrotem Kopf aufbegehren, als ich ihr demonstrativ noch einmal meinen Ausweis vor die Nase hielt.

„Und wenn das nicht klappt, werde ich Ihren Chef mit dieser Akte ins Präsidium einbestellen – ist das angekommen?"

Sie schob sich ihre verrutschte Brille wieder zurecht und nickte beflissen.

Ich nahm die Treppe, nicht den Aufzug, drückte im dritten Stock die breite Flurtür auf und stand in einem krankenhausartigen Gang, von dem auf beiden Seiten breite Holztüren abgingen. Es roch nach schlechtem Essen und alten Menschen. Eine junge Frau mit weißem Schwesterkleid und einer zu einem Knoten hochgesteckten blonden Frisur hetzte mit einem Servierwagen mit schmutzigem Geschirr an mir vorbei und schenkte mir ein flüchtiges Lächeln. Das Zimmer 312 lag links den Gang runter. Ich klopfte erst zaghaft, dann etwas fester und trat ein. Es war ein kleines Zimmer, eher eingerichtet wie ein Krankenzimmer als wie ein Wohnzimmer. Die Einrichtung bestand aus einem Bett mit Nachtkästchen und einem Tisch mit zwei Stühlen. An der Wand über dem Tisch hing ein kleiner Flachbildschirm und auf dem Tisch stand eine Vase mit einer Plastikblume. Der Ausblick aus dem wandfüllenden Fenster war gigantisch, aber der Mann, der im Bett lag, bekam davon mit Sicherheit nichts mehr mit.

Ein kleiner, schon fast an einen Totenschädel erinnernder Kopf lag auf einem dicken Kopfkissen und war halb darin versunken. Zwei trübe Augen starrten, aus ihren tiefen, schwarzen Höhlen blicklos gegen die Zimmerdecke. Die Haut wirkte wie brüchiges Pergament und lag schlaff und fast durchsichtig über den Knochen. Der Mund stand halb offen und das leise Röcheln, das daraus erklang, zeigte mir, dass tief in diesem Menschen noch ein kleiner Funken Leben steckte. Die bis zum Kinn reichende Bettdecke zeigte kaum Konturen und ließ einen völlig abgemagerten Körper darunter vermuten.

Ich wandte mich ab und verließ den Raum. Der Gedanke, dass unser Mörder diesem Menschen nur einen Gefallen tun würde, bemächtigte sich meiner und ich ärgerte mich über mich selbst, dass mir solche Gedanken überhaupt in den Sinn kamen.

Dieses Mal fuhr ich mit dem Aufzug nach unten und ignorierte die Frau am Empfang geflissentlich, obwohl sie mir aufdringlich mit einer Akte zuwinkte.

Es war schon frustrierend, wie manche Menschen am Ende ihres Lebens dahinvegetierten. Und es war in meinen Augen nicht nur bewundernswert, wenn Frauen und Männer es sich zur Passion gemacht hatten, diese Menschen zu pflegen und zu betreuen, sondern es war auch völlig unterbezahlt.

Ich saß gerade wieder im Auto und hing meinen trüben Gedanken nach, als mich ein Klingelton auf eine eingehende Nachricht hinwies.

„Verdammte Sch…, ich hänge am Tropf und muss über Nacht hierbleiben. Üble Entzündung."

„Super", dachte ich mir und schrieb zurück: „Gute Besserung, Schatz, und schönen Urlaub."

Ich startete den Wagen und machte mich auf den Weg zu Albrecht Nummer zwei. Dieses Mal musste ich den Ort verlassen und in einen Ortsteil mit Namen Egersdorf fahren. Es war ein ehemaliger Bauernhof, in dessen Hof ich fuhr. Hier hatte sich jemand richtig Mühe gegeben, um den Hof auf Vordermann zu bringen, aber das ursprünglich bäuerliche Flair zu erhalten. Der Hof wurde auf drei Seiten eingefasst von einem Wohnhaus, einem Stallgebäude und einer großen Scheune mit zwei hölzernen Schiebetoren. Eine Grube für den Mist und ein Brunnen mit Schwengelpumpe waren wahrscheinlich nicht mehr im Betrieb. Ich stieg aus und wurde vom aufgeregten Bellen eines Hundes begrüßt, der irgendwo im Haus war.

Dass ich richtig war, erkannte ich, als ich den Nachnamen des zweiten Albrechts am Klingelschild des Wohnhauses las. Ich klingelte und schlagartig wurde das Bellen um einen Ton aggressiver.

„Lasst die Bestie nicht heraus", dachte ich bei mir.

„Wer ist da?" Eine weibliche Stimme erklang über mir und ich richtete meinen Blick nach oben. Aus einem Fenster im ersten Stock ragte der Kopf einer Frau, die mich misstrauisch beäugte. Ich stellte mich vor und fragte nach dem zweiten Albrecht, der der ehemalige Bauer des Anwesens war, wie sich gleich darauf herausstellte.

„Gib Ruhe, Prinz", schrie die Frau aggressiv ins Haus und augenblicklich erstarb das Bellen des Hundes.

„Mein Mann ist nicht da."

„Wann kommt er denn wieder?"

„Er trifft sich irgendwo mit seinen Traktorfreunden – das kann dauern."

Wie sie mir kurz darauf sehr redselig erklärte, war ihr Mann Mitglied im hiesigen Traktorclub, der sich regelmäßig bei einem der gleichgesinnten Mitglieder zu Hause traf. Dort wurde geschraubt, gefachsimpelt und meist in Maßen dem Bier zugesprochen.

„Wissen Sie, bei wem er heute ist?"

„Keine Ahnung", begann sie wieder auszuholen und überschüttet mich dann mit Namen, Spitznamen, Traktormarken und Adressen, die mir schnell viel zu viel wurden, um sie mir auch nur teilweise zu merken.

Wann kommt er denn meistens nach Hause von diesen Treffen?"

„Erst wenn es dunkel ist. Im Dunkeln sieht nämlich, nach seiner Theorie, die Polizei nicht, dass er besoffen fährt."

Wenn ich ihn nicht finde, dann findet ihn der Mörder auch nicht", dachte ich mir halb zufrieden und halb enttäuscht und bedankte mich freundlich bei dem Kopf am Fenster über mir.

Als ich wieder im Auto saß, war einer der Momente, in dem mein Drang nach Aufklärung eines Falles abrupt von unglücklichen Umständen oder miesem Karma gebremst zum Stillstand gekommen war.

Ich zog mein Handy aus der Tasche, hatte aber weder Anrufe noch Nachrichten drauf. Es war bereits Mittag und mein Magen meldete sich lautstark zu Wort. Irgendwie verknüpfte mein Gehirn, das Thema Essen mit dem Namen Sandra und veranlasste meine Finger, gleich ihre Nummer zu wählen.

„Hallo, wie sieht es aus mit einem gemeinsamen Mittagessen?", fiel ich gleich mit der Tür ins Haus.

„Gute Idee, bei dir zu Hause?"

„Schlechte Idee", antwortete ich. „Beim Griechen um die Ecke", schlug ich vor. „In einer Viertelstunde?"

„Bin unterwegs", sagte sie und ich sah in Gedanken ihr freundlich lächelndes Gesicht vor mir.

Ich blieb noch einen Moment auf dem Bauernhof stehen und schrieb Günter eine Nachricht, in der ich ihm die Entwicklungen in unserem Fall schilderte. Ohne eine Antwort abzuwarten, startete ich den Wagen und verließ Egersdorf in Richtung Fürth.

Das gemeinsame Essen brachte mich wieder auf andere Gedanken. Sandra hatte sich den ganzen Nachmittag freigenommen und mir lief im Präsidium auch nichts davon. So bestellten wir uns nach dem Mittagessen direkt eine Tasse Cappuccino und genossen den Kaffee bei einem tollen Gespräch, in dem es nie um die Arbeit ging. Fast war es uns unangenehm, als wir am späten Nachmittag, inzwischen vollkommen alleine, in der Gaststätte saßen und ausgelassen quatschten und lachten.

Es war bereits sieben Uhr abends, als wir anstandshalber noch ein kleines Abendessen bestellten und es uns gut schmecken ließen. Ein Blick auf die Uhr und dann einer zum Fenster sagte mir, dass ich völlig die Zeit vergessen hatte und eigentlich schon vor zwei Stunden wieder beim Bauern in Egersdorf sein wollte.

Ich zahlte die Zeche für uns beide und musste über den zusammengekommenen Betrag ganz schön schlucken. Dann verabschiedete ich mich schweren Herzens von Sandra und fuhr wieder in Richtung Egersdorf.

Der Hof lag vollkommen dunkel vor mir, als ich von der schmalen Ortsstraße aus darauf abbog.

Im Wohnhaus waren alle Fenster dunkel und selbst nach dem dritten Mal Klingeln meldete sich weder der Kläffer noch die Frau am Fenster noch mein gesuchter Albrecht.

„Verdammt – ausgeflogen", dachte ich und ärgerte mich darüber, dass ich nicht früher wieder hier war.

„Vielleicht sind sie ja nur mit dem Hund Gassi gegangen", überlegte ich, setzte mich wieder ins Auto und richtete mich auf einige Minuten Wartezeit ein.

Anscheinend war ich dann ganz schön lange eingedöst. Als ich wieder erwachte, hatte sich im Hof aber nichts verändert. Ein Wagen fuhr auf der Straße vorbei und warf für wenige Augenblicke weißes Licht und wandernde Schatten in den Innenhof. Nur aus dem Augenwinkel und nur einen Lidschlag lang konnte ich das halb offene Tor der Scheune sehen.

Ich wusste nicht, ob es schon offen stand, als ich angekommen war, deshalb kramte ich eine Taschenlampe aus dem Handschuhfach des Wagens, schaltete sie kurz ein, um zu überprüfen, dass sie auch funktionierte, und stieg aus. Inzwischen hatte die Nacht ihre gnadenlosen, schwarzen Finger über das Land gelegt und die frühlingshaften Temperaturen des Tages in frostige Kälte verwandelt. Die Kälte drang sofort durch alle meine Klamotten und bescherte mir eine Gänsehaut vom Feinsten.

Das große Schiebetor hing mit seinen Rollen schwer in einer stählernen Schiene und es machte einige Mühe, es aufzuschieben, sodass ich mich durch den entstandenen Spalt hindurchzwängen konnte.

Nachdem Traktoren überhaupt nicht mein Spezialgebiet waren, konnte ich den roten, relativ kleinen Bulldog erst einordnen, als ich das Schild Fendt auf der Motorhaube zu Gesicht bekam. Dabei hatte ich das Teil aber erst halb umrunden müssen. Wie alt das Ding war oder welche technischen Daten es hatte, interessierte mich erst einmal nicht. Ich legte eine Hand auf das Motorgehäuse und stellte noch etwas Wärme fest. Das war also anscheinend der Traktor, mit dem der Bauer bei seinem Treffen war.

Ein gläsernes Knirschen unter meinen Schuhen ließ mich erschrocken innehalten. Die Taschenlampe beleuchtete einen Moment später eine zerbrochene Bierflasche, von der nicht nur die Scherben hier lagen, sondern auch der Inhalt als dunkle Pfütze darum herum. Nur einen Meter davon entfernt lag einer dieser grässlichen Hüte, der ursprünglich wahrscheinlich aus einem Cordstoff gefertigt, jetzt aber zu einem speckig glänzenden und mit weißen Salzrändern verkrusteten Ding verkommen war.

„Ich bin zu spät", fuhr es mir durch den Sinn. Der Bauer wurde hier in der Scheune überwältigt und verschleppt. Der Hut und die zerbrochene Flasche waren zwar keine starken Indizien dafür, aber ganz sicher war mein Bauchgefühl, das mich nur selten getäuscht hatte.

Ich rannte zurück zum Wagen, startete den Motor und lies die Karre mit einem wilden Bocksprung auf die Straße schießen. Nur vereinzelte Straßenlaternen erleuchteten den Ort spärlich und ich schaltete das Fernlicht ein. Ich überlegte noch, Verstärkung zu rufen, konzentrierte mich jedoch lieber auf die Straße und den Verkehr. Schnell war ich wieder in Cadolzburg und drosch den BMW hochtourig den bei Radfahrern berüchtigten

Cadolzburger Berg hoch. Mit quietschenden Reifen bog ich von der Hauptstraße ab und schoss viel zu schnell durch das Brusela. Der Marktplatz war dunkel, menschenleer und die Bordsteine waren sprichwörtlich hochgeklappt. Ich bremste den Wagen scharf ab und ließ ihn dann durch das Doppeltor der Burg schießen. Im äußeren Burghof angekommen, lenkte ich ihn nach links, zur Brücke über den Zwinger. Der Burghof war leer. Kein Fahrzeug stand hier. Alle Baufahrzeuge waren in der Zwischenzeit verschwunden und auch der Bauzaun, der den Hof so lange in zwei Teile aufgeteilt hatte, war abgebaut.

Ehrlich gesagt, hatte ich mit einem Wohnmobil gerechnet, das hier stand, mit dem der Täter sein betäubtes Opfer hierhergebracht hatte. Nicht mit einem in völliger Dunkelheit und Grabesstille versunkenen Burghof. Ich stieg aus dem Wagen und ließ die Atmosphäre kurz auf mich wirken. Das Klingeln meines Handys zerriss jedoch kurz darauf die Stille.

„Moni?", meldete ich mich, als ich den Namen meiner Partnerin im Display sah.

„Was heißt, der Fall ist so gut wie gelöst?", fragte sie und kam damit, wie immer, sofort auf den Punkt.

Ich war erst etwas verwirrt, dann fiel mir die Nachricht ein, die ich ihr am Vormittag geschickt hatte.

Ich legte ihr in wenigen Sätzen klar, wie sich der Fall inzwischen entwickelt hatte, und schlenderte derweil über die Brücke zum verschlossenen Burgtor.

Als ich Moni vom zweiten Albrecht berichtet hatte, und dass ich jetzt auf den Verdacht hin, dass er entführt wurde, alleine in der Burg stand, war sie erst sprachlos, dann beschimpfte sie mich und riet mir sofort Verstärkung zu rufen und vorher nichts zu unternehmen.

„Hier ist nichts", beruhigte ich sie. „Wahrscheinlich falscher Alarm."

Ich versprach ihr, vorsichtig zu sein, und beendete das Gespräch. Inzwischen stand ich vor dem gewaltigen Tor zum Innenhof der Burg. Es war dem Provisorium gewichen, das während der Bauphase hier eingebaut war. Schwerer Stahl in schlichtem

Stil bildete eine trutzige Barriere und ein massives Schloss, das dem originalen aus dem Mittelalter nachempfunden war, verriegelte sie mit der Torbogenmauer. Ich drückte nur kurz dagegen, um mich zu vergewissern, dass es auch abgeschlossen war, und erschrak fast etwas, als es geräuschlos, ein Stück nach innen aufschwang.

Im gleichen Moment schaltete mein Unterbewusstsein meinen Körper in den Verteidigungsmodus. Automatisch glitt die Taschenlampe von der rechten in die linke Hand und meine Waffe in die rechte. Ich schob das Tor noch etwas weiter auf und huschte durch den entstandenen Spalt. Der innere Burghof war stockfinster. Ein Blick in die Runde zeigte mir zwei hell erleuchtete Fenster auf der linken Seite, also in dem alten Teil der Burg. In einem der oberen Geschosse war jemand zugange. Das Licht, das aus den Fenstern fiel, war nicht stetig, sondern leuchtete mal heller und mal weniger hell, so als würde sich die Lichtquelle in dem Raum bewegen. Ich sprintete über den Hof zum Eingang des Schlosses, dabei den Strahl der Taschenlampe immer nach unten gerichtet, um einen Beobachter aus dem Gebäude meine Anwesenheit nicht zu verraten. Die Tür zum älteren Teil der Burganlage war ebenfalls nicht verschlossen und ich drückte sie auf. In diesem Teil des Gebäudes war ich noch nie und ich wusste erst nicht, wohin ich mich wenden sollte. Langsam schlich ich durch die Gänge und Räume, immer darauf bedacht, nicht über das Werkzeug und Material der Restauratoren zu stolpern, das immer noch überall verteilt herumlag.

„Ich muss nach oben", dachte ich nervös und kurz darauf tauchte eine breite, ausladende Treppe aus der Finsternis auf. Ich schlich Stufe für Stufe nach oben und trotz der Kälte bildeten sich kleine Schweißtropfen auf meiner Stirn und in meinen Handinnenflächen. Ich hatte das Gefühl, dass mir meine Waffe gleich aus der Hand gleiten würde, und griff fester zu. Im ersten Stock angekommen hörte ich Geräusche von weiter oben und schlich weiter die Treppe zum zweiten Stockwerk hoch. Es hörte sich an, als würde jemand ein schweres Möbel über einen Steinboden schieben. Ich wandte mich nach rechts, von wo meiner Meinung nach das Geräusch hergekommen war. In diesem Stockwerk waren die Renovierungsarbeiten augenscheinlich schon abgeschlossen. Alles war sauber und nichts stand mehr herum. Wände und Decke waren gestrichen und auch das eine oder andere spätere Ausstellungsstück wurde schon an den Wänden präsentiert.

Wieder ein Geräusch, dieses Mal näher. Ein schwacher Lichtschein von vorne und ich knipste hastig meine Taschenlampe aus. Ich gab mir noch etwas mehr Mühe, meine Füße langsam und leise voreinander zu setzen. Das Echo einer Stimme hallte mehrfach durch die hohen Räume. Was sie gesagt hatte, konnte ich allerdings nicht verstehen. Vielleicht zehn Meter vor mir stach eine kleine, scharf abgezeichnete Lichtinsel von rechts in den Flur. Da schien eine Tür nur etwas geöffnet zu sein und das Licht aus dem Raum dahinter beleuchtete den Steinboden vor mir. Mein Herz raste, als ich mich weiter auf das Licht zubewegte. Ich steckte die Taschenlampe in meine Hosentasche, nahm meine Waffe in die linke Hand und wischte mir die feuchte rechte an meinem Hosenbein trocken. Dann legte ich die Sicherung der Waffe um und nahm sie wieder in meine rechte Schusshand.

„Du bist der Letzte." Die Stimme aus dem Raum vor mir klang selbstsicher und überheblich, aber es schwang, meiner Meinung nach, auch eine Spur Wahnsinn in ihr mit. Ich war inzwischen an der halb offen stehenden Tür angelangt und lugte vorsichtig um die Ecke. Ein imposanter, heller Raum mit geschwungen Deckenbögen, die sich in der Mitte des Raumes zu einer dicken Säule vereinten, lag vor mir. An die dicke Säule gebunden stand ein Mann mit nach vorne hängendem Kopf. Obwohl ich ihn in meinem Leben noch nie gesehen hatte, wusste ich, dass er der zweite Albrecht auf meiner Liste war, der für seinen Namensvetter Albrecht Achilles hier sein Leben lassen sollte. Ganz langsam, um jedes Geräusch zu vermeiden, glitt ich um die Ecke, um in den Raum zu kommen. Als mich die halb offene, schwere Holztür mit voller Wucht am Kopf traf, wusste ich, dass ich den Killer völlig unterschätzt hatte. Für Sekunden versuchte ich, gegen das Schwarz der aufkommenden Ohnmacht anzukämpfen und meine Waffe festzuhalten, dann ging das Licht aus.

Der Erkersaal im alten Schloss der Burg mit der imposanten Nachbildung eines Sternengewölbes.

Dieser Kommissar Peter und seine Partnerin waren ihm nicht gewachsen. Er war ihnen immer zwei Schritte voraus gewesen und hatte sie geschickt mit Fehlinformationen und falschen Spuren in die Irre geführt. Der Kidnapper lächelte, als er daran dachte, mit welch simplen Tricks er diese zwei Profis an der Nase herumgeführt hatte. Dass er bei seinem letzten Opfer bereits vor ihm da war, nötigte dem Entführer Respekt vor dem Hauptkommissar ab. Das machte zwar eine kleine Änderung in seinem perfekten Plan nötig, das Ergebnis würde aber das Ziel seines bisherigen Planes noch einmal deutlich übertreffen und jeglichen Verdacht von ihm selbst ablenken.

Der Raum, in dem der letzte Akt seiner Inszenierung stattfinden sollte, war perfekt. Hier war die Renovierung bereits abgeschlossen, es fehlte nur noch die Endreinigung, dann würde alles hier erstrahlen.

Das letzte seiner Opfer war hier und bereit zu sterben. Der Entführer blickte kurz und mit verächtlicher Miene zu dem Bauern, der in der Mitte des Raumes an die zentrale Säule der Gewölbestreben gefesselt war. Er bedauerte, dass dieses Opfer kein wirklicher Gegner für ihn war und Ekel kochte in ihm hoch, wenn er an den Gestank nach Angst, Bier und Urin dachte, den der Bauer verströmte.

Die Apparatur des Todes, mit der er sich so viel Mühe gegeben hatte und die im Vorfeld einen gehörigen Arbeitsaufwand erforderte, machte ihn stolz. Sie würde funktionieren wie ein Schweizer Uhrwerk, davon war er fest überzeugt. Die Gravuren, die er bei allen Morden als Hinweise hinterlassen hatte, waren zwar immer sehr aufwendig, bedeuteten aber einen nicht unwesentlichen Teil seines Gesamtkunstwerkes. Noch einmal betrachtete er zufrieden den letzten Hinweis auf dem Balken vor sich:

wie einst den Griechen wird ein Pfeil ihn töten

Leise sprach er den Hinweis noch einmal aus und fühlte sich danach wie der Erschaffer eines grandiosen Gedichtes oder eines Musikstückes.

Ein leises Geräusch, irgendwo in der totenstillen Burg, ließ den Entführer aufhorchen. Adrenalin schoss in sein Blut und machte ihn fast euphorisch.

„Sein nächstes Opfer war da", dachte der Killer und musste sich gleich selbst berichtigen; „der Serienkiller war da."

Er ging zur schweren, halb offenen Eichentüre, versteckte sich dahinter und sagte laut: „Du bist der Letzte."

Seine Einschätzung, dass der Kommissar alleine kommen würde, bewahrheitete sich, als dieser mit einer Waffe im Anschlag in der Tür erschien. Der Anblick des gefesselten Bauern lenkte ihn für einen Moment ab, und der reichte dem Killer, die schwere Holztür gegen den Polizisten zu schleudern.

Die erste Empfindung, die ich hatte, als das allgegenwärtige Schwarz einem verschwommenen Grau wich, war Kälte. Üble, schneidende Kälte, die mich von oben bis unten einhüllte. Das zweite Gefühl, das sich meiner bemächtigte, war ein Kopfschmerz, der sich gewaschen hatte. Ich wollte mir an die pochende Schläfe greifen, aber meine Hände wollten nicht tun, was sie sollten. Ich blinzelte ein paar Mal und kniff die Augen zusammen, um den Grauschleier davor zu vertreiben. Irgendwann gelang es mir auch und das helle Licht im Raum war Öl auf die Flammen meines Kopfschmerzes.

„Hallo, Herr Kommissar, auch wieder unter den Lebenden?" Die Stimme troff vor Sarkasmus und Siegessicherheit. Ein großer Mann mit dunklen Locken trat in mein Blickfeld, das immer noch etwas eingeschränkt war, und grinste mich an.

„Heute ganz alleine unterwegs?"

Ich wollte sagen: „Nein, meine Partnerin wartet draußen auf mich und die ganze Burg ist von Einsatzkräften abgeriegelt." Mehr als ein Krächzen brachte ich jedoch durch den Knebel in meinem Mund nicht zustande.

Langsam hob ich meinen schmerzenden Kopf und machte damit einen Schwenk durch den ganzen Raum.

„Sie haben heute Abend den besten Platz in der ersten Reihe, um den letzten Regenten der Burg beim Sterben zuzusehen."

Mein Blick blieb auf dem an die Säule gefesselten Mann hängen, dessen Kopf noch immer schlaff nach vorne hing.

„Der letzte Akt in meinem Spiel, dieses Juwel wieder zum Leben zu erwecken und mit grandiosen Taten zu versehen, die die Besucher erschrecken, aber auch faszinieren werden."

„Du kranker Arsch!", schrie ich in meinen Knebel, der Lockenkopf ging aber nicht darauf ein. Er stellte sich demonstrativ vor mich und zog seine Haare vom Kopf. Ich dachte erst meine getrübten Sinne spielen mir einen Streich. Als der Typ sich eine Brille auf die Nase setzte und sich durch seine grauen, verwurstelten Haare strich, war mir alles klar.

„Das Wohnmobil und die Locken haben Sie ganz schön lange in die Irre geführt, lieber Kommissar. Der Feuerwehrmann und der Buchhändler waren gute Lockvögel. Am Ende stellte sich jedoch heraus, dass es der Kommissar war, der unter seinem geringen Selbstwertgefühl gelitten hatte. Leider hat ihn sein letztes Opfer im Sterben mit seiner eigenen Waffe erschossen."

„An krimineller Energie und Intelligenz mangelte es Einstein wahrlich nicht", dachte ich. „Und die Wahrscheinlichkeit, dass er damit durchkommen würde, war gar nicht so gering.

Er hatte in seinen behandschuhten Händen meine Waffe und ging damit zu seinem – oder meinem – letzten Opfer. Er legte seine Hand um den Kolben der Waffe, um darauf dessen Fingerabdrücke zu hinterlassen, und steckte sie sich dann in die Hosentasche.

Inzwischen war mein Kopfschmerz wieder so weit verklungen, dass ich einigermaßen klar denken konnte. Ich riss und zog an meinen Fesseln, die schnitten aber dadurch noch tiefer in meine Handgelenke ein. Ich hob den Kopf und sah, dass ich auch an eine der Säulen gefesselt war, die die Bögen über uns trugen.

„Möchte der Herr Kommissar, dass ich erst ihn erschieße und dann diese Mordmaschine in Gang setze, oder soll es umgekehrt laufen?"

Er stand jetzt etwas links von meinem direkten Blickfeld und ich drehte, durch das Wort Mordmaschine motiviert, langsam den Kopf. Unter Mordmaschine hatte ich mir zwar etwas Martialischeres vorgestellt, aber auch das, was ich zu Gesicht bekam, war durchaus angsteinflößend. Ich riss und zerrte wieder an meinen Fesseln und konnte dabei den Blick nicht von dem Instrument nehmen. Auf einem dicken, stehenden Balken ruhte eine altertümliche, aber durchaus gefährlich anmutende Armbrust. Den dicken Pfeil mit der üblen, dreiseitigen Metallspitze drehte der Mann von der Schlösserverwaltung spielerisch in den Fingern. Die geflochtene Sehne der Armbrust war gespannt und der Abzug war mit einem Seil verbunden, das locker zu einem zweiten Balken führte. Dieser Balken hing schräg mit seinem ganzen Gewicht an einer gespannten Hanfschnur, die zum Balken, mit der Armbrust führte. Die Funktionsweise war mir sofort klar. Wenn das Halteseil des hinteren Balkens durchgeschnitten würde, würde der fallende Balken die Armbrust auslösen, deren Pfeil genau auf die Brust des Opfers zielte.

„Geben Sie mir bitte ein Zeichen. Wenn Sie das linke Auge schließen, erschieße ich zuerst Sie, Herr Kommissar. Beim rechten muss unser Delinquent als Erstes dran glauben."

„Er spielt dieses Psychospielchen gut", dachte ich mir und riss beide Augen weit auf.

„Er kann Sie gar nicht mehr erschießen, wenn er an die Säule gefesselt ist. Das denken Sie jetzt bestimmt. Ehrlich gesagt hat mich das auch einen Moment beschäftigt, aber der Pfeil durchschneidet beim Auftreffen auf die Brust, wie zufällig seine Fessel und das Problem ist gelöst – ist das nicht genial?"

Genial war es, aber einem kranken Hirn entsprungen. Er zog einen etwas abseitsstehenden Kerzenständer mit einer neuen, weißen Kerze zu seiner Apparatur und positionierte sie unter dem gespannten Halteseil.

„Um die Spannung etwas zu erhöhen, werde ich das Halteseil nicht durchschneiden, sondern von einer reinigenden Flamme durchbrennen lassen. Aber keine Angst, ich habe das Seil vorher kräftig in Wasser eingeweicht, sodass es eine ganze Zeit dauern wird, bis es durchgebrannt ist. Wir können uns also noch in Ruhe eine Zeit lang unterhalten, Herr Kommissar."

Als die Kerze ausgerichtet war, legte er den Pfeil in die Armbrust, schaute noch einmal von hinten über die Zieleinrichtung hinweg zu seinem Opfer und war anscheinend zufrieden mit seiner Arbeit. Dann zog er ein Feuerzeug aus der Hosentasche, richtete den Docht der Kerze etwas gerade und grinste mir ins Gesicht, bevor er den Docht entzündete. Ich spürte, dass mein Gesicht vor Schrecken völlig verzerrt aussehen musste, und gab mir Mühe, die aufflammende Angst mit einem lässigen Gesichtsausdruck zu verscheuchen. Sollte wirklich alles hier enden und ich als psychopathischer Killer in die Annalen dieser Burg eingehen, wie einst der Grehiedl. Verzweifelt suchte der Teil meines Gehirns, der nicht durch die Todesangst gelähmt war, nach einem Ausweg. Mein Handy steckte in der Hosentasche, war aber in diesem Moment so unerreichbar, als wenn es auf dem Mond gelegen hätte. Die Fesseln waren nicht aufzubekommen, es sei denn ich riss mir selbst die Hand aus dem Handgelenk. Auch diesen Gedanken verwarf ich jedoch, kaum dass er gedacht war. Hätte ich wenigstens mit dem Killer sprechen können. Vielleicht hätte ich ihn überzeugen oder ihm einen Deal anbieten können. In weiser Voraussicht hatte er mir deshalb wahrscheinlich einen Knebel angelegt.

Die anfänglich etwas spärliche Flamme stand inzwischen hoch und völlig unbewegt unter dem Halteseil und hatte es schon etwas schwarz gefärbt.

Zorn und ohnmächtige Wut wallten in mir auf und vertrieben die Angst. Ich schrie in meinen Knebel hinein, riss an den Fesseln und warf meinen Kopf wütend hin und her.

„Aber, Herr Kommissar, nicht so unbeherrscht. Genießen Sie doch den Augenblick Ihres größten Triumphes." Er machte eine kleine Pause, um dann fortzufahren. „Ich habe mich dazu entschlossen, Sie genau dann zu erschießen, wenn der Pfeil die Sehne verlassen hat, aber noch nicht in seinem Ziel eingeschlagen ist. Das wird richtig spannend, finden Sie nicht auch?"

„Du krankes Arschloch", schrie ich in meinen Knebel.

Inzwischen hatte er meine Waffe in der Hand und machte Zielübungen auf meinen Kopf. In die Mündung der eigenen Waffe zu blicken war übel und ich schloss für einen Moment die Augen.

„Nicht doch, Herr Kommissar, bleiben Sie bei mir. Sie werden doch nicht den spannendsten Moment in Ihrem kurzen Leben verpassen wollen."

Seine Stimme war schleimig und abstoßend und spätestens jetzt hätte ich ihn gerne alle Zähne aus dem Gesicht geschlagen und ihn bluten lassen. Ich öffnete meine Augen wieder und richtete meinen Blick kalt auf die heiße Flamme. Das Halteseil war inzwischen deutlich schwärzer und feine Dampfwolken stiegen von dem nassen Hanf auf. Ein leises Stöhnen lenkte meine und auch die Aufmerksamkeit des Killers auf das Opfer an der Säule. Der Kopf des Bauern bewegte sich. Unkontrolliert rollte er von rechts nach links und wieder zurück. Aus dem halb geöffneten Mund des Mannes tropfte der Speichel und hinterließ feuchte Flecken auf dem Steinboden. Mit einem unerwarteten Ruck fuhr der Kopf nach oben und zwei weit aufgerissene Augen starrten mich ungläubig an.

„Das ist gut, dass die Droge rechtzeitig nachlässt", sagte der Mann von der Schlösserverwaltung und trat an Albrecht Bernauer heran. Er klatschte ihm mit der flachen Hand auf die Wangen, um ihn zurück in die Wirklichkeit zu holen. „So hat auch er die Chance, seinen Abgang live und in Farbe persönlich mitzuerleben."

„Was ist hier los – wo bin ich hier gelandet?", fragte der Gefesselte und blickte sich dabei gehetzt im Saal um. Er lallte etwas, was entweder auf die Droge, oder den übermäßigen Genuss von Alkohol zurückzuführen war.

„Halt die Klappe, du Opfer", sagte der Killer kalt und wandte sich ab. Auch ich ließ mich nicht länger ablenken und richtete meine ganze Aufmerksamkeit auf die Kerze und das Hanfseil. Inzwischen hatte es aufgehört zu dampfen und fing langsam Feuer. Die Flamme der Kerze streckte sich immer mehr und öfter, bis sie schließlich auf das Seil übergriff. Erste kleine Seilfasern brannten durch und die entstehenden Enden rollten sich ein Stück weit auf. Auch der Killer und der Bauer beobachteten die

Szene. Alle Farbe war aus dem Gesicht des Opfers gewichen, als er, den Sinn der Apparatur erkannt hatte. Er flehte den Killer an, ihn freizulassen, der hörte aber noch nicht einmal zu. Er positionierte sich so, dass er gleichzeitig die Flamme und mich sehen konnte, ohne den Kopf zu drehen. Langsam hob er meine Waffe und richtete die Mündung auf mein Gesicht. Ich hatte bisher in meiner Laufbahn nicht viele Schusswunden in Gesichtern gesehen, aber alle, die ich gesehen hatte, waren scheußlich gewesen. Der Hinterkopf der Erschossenen hatte in allen Fällen das Aussehen eines gewaltigen, fleischigen Kraters gehabt.

Das Hanfseil brannte inzwischen auf einer Länge von zehn Zentimetern und es war nur noch eine Frage von Sekunden, bis der Apparat losschoss. Komischerweise war ich jetzt ruhig. Nach einer Phase von Panik, einer von Wut und einer von Ohnmacht war ich jetzt ruhig. Ich schloss die Augen ein letztes Mal und für immer. Atmete tief ein und wieder aus. Wie viele Atemzüge hatte ich noch? Der Schuss krachte in mein Gehirn und ließ meinen ganzen Körper in sich zusammensinken.

Kein Schmerz – kein Aufschlag der Kugel. Kein Film, der ablief und mein Leben noch einmal Revue passieren ließ. War so der Tot?

Ich öffnete die Augen und sah den Killer taumeln.

Nein, es war nicht der Tod.

Ein kleines Loch in seinem Hemd, dort wo das Herz saß, färbte sich langsam rot und meine Waffe entglitt ihm und fiel krachend zu Boden. Sein Gesicht war schreckensstarr und ungläubig.

„Bernd?" Es war Monis Stimme, die in dem Gewölberaum mehrfach widerhallte.

„Die Kerze", schrie ich panisch in meinen Knebel und hörte ihre schnellen Schritte hinter mir kommen. Das Hanfseil brannte lichterloh und nur noch wenige Fäden hielten den Balken davon ab, den Abzug der Armbrust zu betätigen. Die Augen des Bauern waren schreckgeweitet und fast beschwörend auf die Kerze gerichtet.

Dann passierten zwei Dinge gleichzeitig: Das Hanfseil riss und wie in Zeitlupe sah ich den Balken kippen. Das Auslöseseil spannte sich langsam und dann kam Moni in mein Blickfeld und rannte die ganze Apparatur über den Haufen. Der Pfeil löste sich, von der entlasteten Sehne angetrieben, und schlug mit einem metallenen Krachen in einen der Steinbögen über dem Kopf des Opfers ein.

Im ersten Moment war ich unfähig zu sprechen. Ich holte einige Male tief Luft, um die Anspannung etwas abzubauen. Moni war mitsamt dem Killerapparat krachend zu Boden gegangen und versuchte sich jetzt aus den Seilen und Balken zu lösen. Der Killer lag etwas dahinter auf dem Rücken und der Blutfleck auf seinem Hemd wurde immer noch größer. Sein Körper zuckte im Todeskampf und seine Augen waren weit aufgerissen. Die Brille hatte er verloren und meine Waffe lag neben ihm auf dem Boden.

Der Bauer an der Säule hatte die Todesangst anscheinend nicht mehr ertragen und schien in Ohnmacht gefallen zu sein. Sein Kopf, mit der roten Lockenpracht, ruhte wieder schlaff auf seiner Brust.

Meine Partnerin sah mich vorwurfsvoll an und kam auf mich zu. Mit sichtlicher Vorfreude im Gesicht riss sie mir das Klebeband vom Mund, das den Knebel hielt und zog mir das Stück Stoff aus dem Mund. Der Schmerz war übel und es fühlte sich so an, als hätte sie mir alle Bartstoppeln mit herausgerissen.

„Moni, dich schickt der Himmel – das war echt in letzter Sekunde!", sagte ich leise und dankbar.

„Idiot", antwortete sie nur und richtete sich ihre Kleider und ihre zerzauste Frisur. „Ruf Verstärkung, habe ich dir gesagt. Keine Alleingänge, habe ich dir auch schon oft gesagt – verdammt, Bernd, das war echt knapp!"

„Wieso bist du hier?", fragte ich, nur um irgendetwas zu sagen und nicht auf ihre Vorwürfe eingehen zu müssen.

Sie ging um die Säule und löste meine Fesseln.

„Ich bin hier, weil ich nach deiner Nachricht, schon so etwas geahnt habe."

Erst jetzt bemerkte ich, wie meine Handgelenke schmerzten und wie weich meine Knie waren. Moni kam mir zu Hilfe und griff mir unter die Arme.

„Bleib stehen, du bist mir zu schwer, ich kann dich nicht halten."

Der fürchterliche Schlag gegen meine Schulter und das Bellen eines Schusses passierten gleichzeitig. Von der Wucht des Aufschlages wurde ich aus Monis Armen gerissen und stürzte dem Boden entgegen. Einen Lidschlag später krachte ich ungebremst mit dem Gesicht voran gegen den Steinboden. Bevor ich in den dunklen Schacht der Ohnmacht vor mir fiel, hörte ich noch zwei weitere Schüsse krachen, dann war Stille.

Blaues Licht tanzte vor meinen geschlossenen Augenlidern und Stimmen drangen in mein Bewusstsein, ohne dass ich sie voneinander unterscheiden, geschweige denn verstehen konnte. Die Antwort von Bruce Willis auf die Frage, was das blaue Licht macht, hing wie eine Endlosschleife in meinem Kopf: „Es leuchtet blau." Der Filmtitel fiel mir nicht ein, obwohl ich die ganze Handlung hätte erzählen können.

Jedes Mal, wenn das blaue Licht wieder an mir vorbeikam, versuchte ich es festzuhalten und meine Augen zu öffnen. Ich weiß nicht, wie viele Versuche ich brauchte, bis es mir gelang, aber schließlich gingen meine Augen doch auf und das Licht wieder an. Gleichzeitig verging das unverständliche Stimmengewirr und machte Platz für Monis Stimme: „Er wird wach!"

Ich lag flach auf dem Rücken und blickte in einen wunderschönen Sternenhimmel. Der Versuch mich aufzurichten wurde mit einer Schmerzwelle belohnt, die mich von meiner Schulter bis in die kleinen Zehen durchlief.

„Bleib liegen, Bernd, du hast dir eine Kugel eingefangen."

„Und du?", fragte ich heiser.

„Mir geht es gut – ich habe dem Killer noch zwei Kugeln verpasst und muss jetzt wohl wieder deinen verdammten Bericht schreiben."

Ich versuchte, ein Lächeln zustande zu bringen, konnte aber kaum noch die Augen offen halten. Die Müdigkeit übermannte mich wie eine warme Decke und ich schlief ein.

Dass mir der Notarzt noch am Tatort einen Tropf mit Morphium gelegt hatte, erfuhr ich erst im Krankenhaus am nächsten Morgen. Noch in der Nacht hatten die Ärzte die Kugel aus meinem zerschmetterten Schulterknochen entfernt und die Knochenstücke mit Nägeln und Draht wie ein Puzzle wieder zusammengesetzt.

Moni war die ganze Nacht bei mir geblieben, obwohl sie selbst ins Krankenbett gehört hätte.

Mein rechter Arm war mit einer Schlinge zur völligen Bewegungslosigkeit an meinen Bauch gefesselt. Schmerzen hatte ich, dank der Schmerzmittel in meinem Tropf, fast gar keine.

„Wie geht es meinem Albrecht?" Meine Zunge fühlte sich irgendwie geschwollen an, und ich lallte mehr als zu sprechen, als ich das zu Moni sagte und sie grinste schadenfroh übers ganze Gesicht.

„Der ist wieder zu Hause bei seiner Frau. Die Kollegen haben sie in ihrer Wohnung gefesselt und geknebelt vorgefunden, ihr ist aber nichts passiert. Ich nehme an, der Killer hat ihr die gleiche Droge verpasst wie den anderen Opfern. Der Hund des Ehepaares lag allerdings tot in der Wohnung."

Ich schaute Moni teilnahmslos an, die Dosis an Morphium, die da in meine Venen lief, haute mich echt um.

„Ich fahre jetzt ins Präsidium, in einer Stunde ist eine Pressekonferenz angesagt, bei der ich Günter vertreten muss. Und darauf sollte ich mich noch etwas vorbereiten – hast du noch Informationen für mich, wie du auf den Täter gekommen bist?"

„Ich bin nicht auf den", ich musste Pause machen und kraftlos meine Augen schließen. Nur mühsam gingen sie kurz darauf noch einmal auf und ich sah alles recht verschwommen, als hätte ich literweise Tränen in den Augen. „Nicht den Täter, sondern das Opfer – frag Sandra", brachte ich noch hervor, dann tauchte ich wieder in das dunkle Meer des Vergessens.

„Typisch Pressefritzen", dachte ich mir, als ich am nächsten Tag den Bericht über den Vorfall nur auf Seite drei vorfand. Mein unverantwortlicher Leichtsinn wurde als Heldentat hingestellt und Moni als Retter in letzter Sekunde, was ja durchaus der Wahrheit entsprach.

„Über das Wochenende musst du noch bleiben, dann schicken sie dich wieder nach Hause", sagte meine Partnerin, als ich die Zeitung ungelesen beiseite legte.

„Und wann kann ich wieder meinen Dienst aufnehmen?", fragte ich ungeduldig.

„Bis alles verheilt und das ganze Eisen wieder aus dir heraus ist, und wenn du dann noch deine Reha hinter dir hast, dann ist es wahrscheinlich Sommer."

Ich hielt es jetzt schon kaum mehr im Bett aus, wie sollte ich da einige Monate rumbringen, ohne verrückt zu werden.

„Und wie geht es deiner Backe?", fragte ich Moni und schaute ihr ins besorgte Gesicht.

Sie überlegte nur kurz, klatschte sich mit der Hand auf den Hintern und sagte lachend: „Der geht es super, wie immer."

Die Zeit verging schneller, als ich mir vorgestellt hätte. Ich war zur offiziellen Eröffnung des neuen Museums in der Cadolzburg eingeladen und hatte Sandra gebeten mich zu begleiten. Mein Arm hing noch immer in einer Schlinge und es war gar nicht so einfach gewesen, die Anzugjacke anzuziehen und die Krawatte zu binden. Gott sei Dank war mir Sandra zu Hilfe gekommen und hatte mich anlassgerecht eingekleidet.

Die Ansprachen der Prominenz zogen sich übel hin. Die anschließende Führung durch die Burg war jedoch hochinteressant. Die Initiatoren des Museums hatten noch zusätzliche Arbeit geleistet und die Schäden im Gebäude, die durch die Morde entstanden waren, komplett beseitigt. Kleinleins kranke Taten hatten zwar die Eröffnung stark gefährdet, konnten das geplante Museumskonzept einer Reise durch die mehr als 800 Jahre alte Geschichte jedoch nicht beeinflussen. Angesichts der vielen historischen Aspekte rund um die Burg ist es dem Killer trotz der perfekten Position auf der Baustelle nicht gelungen, aus den Gewölben eine Mördergrube mit makabrem Reiz zu machen.

Stattdessen ist das Museum ein interessanter Ort für Mittelalterfans jeden Alters geworden.

Nach Monis abschließenden Recherchen war jetzt auch klar, woher der Killer die Dinge wie Amboss, alte Holzbalken und Henkersbeil hatte. Als Mann der Schlösserverwaltung hatte er fast uneingeschränkten Zugang zu Schlössern, Burgen oder diversen Archiven, um sich die Sachen zu organisieren. In seinem Heimatort hatte er einen guten Draht zur Feuerwehr und das Wohnmobil hatte er sich für den Zeitraum schlicht gemietet. Er war meiner Meinung wirklich nahe dran, den perfekten Mord, das heißt die perfekten fünf Morde, zu verüben. Eine gewisse Intelligenz konnte ich ihm im Nachhinein nicht absprechen.

Nach der Führung schlenderte ich mit Sandra am gesunden Arm am Schlossgarten vorbei in Richtung Marktplatz. Der Garten grünte und blühte und war zur Eröffnung des Museums perfekt herausgeputzt worden.

Es war ein wunderschöner Sommertag und wir wollten das Eis der Eisdiele testen, die mir schon des Öfteren aufgefallen war und ganz in der Nähe des Brusela lag.

Vor dem Schaufenster des Bücherladens blieben wir kurz stehen und ich dachte daran, welche Sackgasse uns der Killer doch mit dem Buchhändler konstruiert hatte.

„Hallo, Herr Kommissar, na, wieder auf den Beinen?"

Der Buchhändler stand in der offenen Eingangstür des Ladens und genoss augenscheinlich auch die warmen Sonnenstrahlen.

„Ja, mir geht es gut, Herr Schmidt. Ich habe mich noch gar nicht für meine falsche Verdächtigung bei Ihnen entschuldigt."

„Ist schon gut, Herr Kommissar. Anstatt einer Entschuldigung könnte ich Sie um einen Gefallen bitten?"

„Dann bitten Sie doch mal!", sagte ich neugierig.

„Ich bin gerade darüber, mein erstes Buch zu schreiben und möchte mich in einem Kriminalfall ziemlich genau an die Taten des Burggrafenkillers halten."

Dieser Titel des Mörders hatte sich inzwischen bei der Presse etabliert und würde wahrscheinlich auch für immer in die Historie der Burg eingehen.

„Meine Bitte wäre, dass ich Ihren Namen und Rang original in diesem Roman verwenden darf."

Ich blickte Sandra fragend an und die nickte nur zustimmend.

„So wirst du noch berühmt", sagte sie lächelnd.

„Ich habe auch schon den Titel für diesen Roman", sagte der Buchhändler aufgeregt: TOD IN SPORCH.

Spannung aus dem Fahner Verlag

Bob Meyer
TEIRESIAS TOD
ISBN 978-3-942251-41-9
12,80 €

Bob Meyer
HOKUS POKUS EXITUS
ISBN 978-3-942251-30-3
12,80 €

Bob Meyer
SCHERAUER SCHEREREIEN
ISBN 978-3-942251-25-9
12,80 €

Bob Meyer
DIE BULGARISCHE METHODE
ISBN 978-3-942251-10-0
12,80 €

Heinrich Veh
GOLDSCHÄTZCHEN
ISBN 978-3-942251-37-2
12,80 €

Heinrich Veh
TÖDLICHES SPIEL
ISBN 978-3-942251-29-7
12,80 €

Heinrich Veh
ROKOKOMORD
ISBN 978-3-942251-28-0
12,80 €

Heinrich Veh
IM BANN DER WEISSEN FRAU
ISBN 978-3-942251-20-4
12,80 €

Heinrich Veh
WENN DEM MORGEN GRAUT
ISBN 978-3-942251-15-0
12,80 €